Surfista Bilionário

MISHA BELL

♠ MOZAIKA PUBLICATIONS ♠

Título original: *Billionaire Surfer*
Copyright © 2025 Misha Bell
www.mishabell.com/pt

Tradução: Nany
Preparação de Texto: Vania Nunes

Capa: Najla Qamber Designs
www.qamberdesignsmedia.com

Bell, Misha

Surfista Bilionário, de Misha Bell. Tradução: Nany. 1ª edição. Rio de Janeiro, BR, 2025.

Publicado por Mozaika Publications, por Mozaika LLC
www.mozaikallc.com

e-ISBN: 979-8-89796-035-4
Print ISBN: 979-8-89796-036-1

Capítulo Um

BROOKLYN

— Vocês me conseguiram férias? — Fico boquiaberta com minhas amigas.

Eu sabia que elas cobririam esse brunch, por isso escolhi um lugar com preço modesto, mas uma viagem para a Flórida? Sério?

— Você viu isso? — Jolene diz com seu sorriso característico, que a faz parecer a filha amorosa do Coringa e o palhaço demônio de *It*... mas linda. Se ela fosse um cachorro, seria um Pastor Australiano, uma criatura majestosa que, para minha consternação, raramente precisa tosar. — Ela quase cuspiu tudo para fora. — Ela continua.

Como sempre, Dorothy balança a cabeça em desaprovação com as travessuras de Jolene. Seu cão espiritual seria um Basset Hound de olhos tristes – outra raça que, infelizmente, não tosa.

Essas duas não se consideram amigas uma da outra, apenas minhas, o que torna ainda mais surpreendente que elas se unam para fazer qualquer coisa, especialmente algo tão logisticamente avançado como planejar férias de última hora para mim.

Dorothy volta sua atenção para mim. — Você precisa disso — diz ela com firmeza.

— Brooklyn precisa *disso* demais. — diz Jolene. — Tanto, na verdade, que finalmente encontrei algo em que concordo com a vovó aqui.

Sim. Dorothy adora gatos, enquanto Jolene adora cachorros, então elas se dão tão bem quanto seus animais de estimação. Por outro lado, alguns gatos se dão bem com cães, o que é uma péssima analogia.

Dorothy estreita os olhos. — Sou a mais nova nesta mesa.

A rigor, isso é verdade. Nós nos conhecemos quando éramos calouras no Brooklyn College – insira aqui piadas sobre meu nome. Tendo se formado no Ensino Médio um ano antes, Dorothy tinha dezesseis anos, e eu tinha dezessete, contra os dezoito de Jolene. É claro que, ao contrário de mim, minhas amigas se formaram e conseguiram empregos bem remunerados que lhes permitem realizar grandes gestos como essa viagem.

— Você é apenas biologicamente mais jovem — diz Jolene.

— De que outra forma você pode ser mais jovem? — Dorothy questiona.

— Em espírito — diz Jolene. — O seu é o de uma virgem de setenta anos com secura...

— Quietas — digo no tom que normalmente

reservo para acalmar meu filho da primeira série e seus amigos. — Não posso aceitar isso.

— Eu te disse — Jolene diz a Dorothy e toma um gole delicado de seu copo de mimosa. Para mim, ela diz: — Nada é reembolsável e nenhuma de nós pode usá-lo.

Meu queixo treme. — Eu não posso ir. Eu tenho um emprego...

— Falei com um dos outros tratadores — diz Dorothy. — Neveah, acho que é esse o nome. Ela disse que cobriria você.

— Neveah? — Eu suspiro. — Meus clientes ficarão chateados. Aquela mulher faz todo cachorro parecer um Poodle.

— Posso pedir a outra pessoa. — A voz de Dorothy fica dura. — Mas você vai, e ponto final.

— E quanto a Reagan? — Pergunto. — Qual de vocês vai ser babá?

Isso não quer dizer que eu as *deixaria* tomar conta dele. Se ele ficar com Jolene, vai acabar com uma namorada que vai engravidar em pouco tempo. E não estou dizendo que o próprio Reagan foi um subproduto de sua influência sobre *mim*... mas foi ela quem me arrastou para o bar onde conheci o doador de esperma que me engravidou. Não que as coisas seriam melhores se ele ficasse com Dorothy. Ele pode acabar tendo o destino oposto - embora eu não tenha certeza do que seja. Juntar-se ao clero? Usar sandálias com meias?

Jolene estremece. — Não somos santas. Bem, eu não

sou. Nós cuidamos dele, no entanto. Há um acampamento para dormir perto do seu Airbnb – também pago e não reembolsável.

— Um acampamento? — Olho para Dorothy.

— Respeitável — diz Dorothy. — Zero fatalidades até agora.

— Zero fatalidades. Ótimo.

— Você sabe como ele é sociável — Jolene interrompe. — Ele vai se divertir muito, e você sabe disso.

A verdade de sua declaração só me faz sentir culpada por não poder pagar uma viagem para ele para um acampamento de verão.

Meus ombros se curvam. — Por que vocês fariam isso?

— Porque você acabou de completar vinte e cinco anos — diz Jolene. — Esse é um número redondo.

— Números redondos têm um zero no final — Rebate Dorothy.

— Vinte e cinco é mais redondo do que vinte e quatro ou vinte e seis — Responde Jolene presunçosamente.

— Esse não é o 'porquê' que eu quis dizer — digo. — Por que cobrir férias e não, digamos, um mês do meu aluguel? — Este último provavelmente me ajudaria mais no grande esquema das coisas – não que eu aceitaria o dinheiro delas.

— Você precisa desesperadamente de vitamina D — diz Jolene, balançando as sobrancelhas loiras, perfeitamente cuidadas.

Quase engasgo com minha mimosa. No jargão de Jolene, D significa "dar-umazinha", e é por isso que espero que Dorothy se encolha, mas ela balança a cabeça.

— É por isso que você insistiu pela Flórida? — Ela pergunta a Jolene. Virando-se para mim, ela acrescenta: — Você *está* pálida. Seu médico disse que você está deficiente? — O não declarado "Se sim, por que você não me contou imediatamente?" é alto e claro.

O sorriso maligno no rosto de Jolene está fora de controle. — Tenho certeza de que o médico de Brooklyn diria que ela precisa desse D. Demais.

A expressão já preocupada de Dorothy fica ainda mais preocupada. — A vitamina D é fundamental para os seus ossos.

— Sim — Jolene diz para mim de forma significativa. — Quando foi a última vez que você pensou em... um osso?

Dorothy aperta os olhos para ver a pele branca do meu rosto. — Se a deficiência for grave, talvez você deva considerar alguns suplementos?

Jolene está prestes a fazer uma piada sobre vibrador?

— Sim, tome D por *via oral* — diz Jolene. — Boa ideia.

Dorothy franze a testa. — Oral? Ao contrário de quê? Adesivos na pele? Eu não acho que isso funcione.

Jolene sorri ainda mais. — Eu, pessoalmente, prefiro tomar D como um supositório vaginal, mas às vezes, tomar por via retal pode...

— Como você sempre consegue direcionar todas as conversas para os órgãos genitais? — Dorothy exige de Jolene. Virando-se para mim, ela acrescenta: — Cogumelos têm vitamina D. Salmão também e...

— É demais. — Afasto as passagens. — Eu dei a vocês duas estatuetas de papel machê em seus aniversários.

— Eu amo minha Mulher Maravilha — diz Dorothy.

Eu suspiro. — Na verdade, é a Estátua da Liberdade.

— E eu amo o Sr. Pauzudo — diz Jolene.

Eu franzo meus lábios. — Eu já te disse muitas vezes... é a Torre de Pisa.

— A questão é que você merece um descanso — diz Dorothy. — E você esquece como me ajudou com minha avó quando ela estava doente.

— E a mim, quando o Sr. Goobers estava tendo aquele problema com seu pênis.

— Tudo o que fiz foi ajudá-lo a retrair o 'batom' — digo revirando os olhos. — O pelo preso ali é um problema comum em cães fofinhos. E sua avó, Dorothy, é a senhora mais doce que já conheci. Foi um prazer ajudá-la.

Jolene balança as sobrancelhas novamente. — Foi um prazer ajudar o Sr. Goobers?

— Ui, pare com isso — diz Dorothy, franzindo o nariz. — Achei que a bestialidade fosse o limite que você traçava, mas acho que me enganei.

— Sério, gente — digo. — Não posso aceitar isso.

— Então, acho que tanto o acampamento quanto o

Airbnb serão desperdiçados — diz Jolene, suspirando dramaticamente. — E da próxima vez que você oferecer uma tosa grátis ao Sr. Goobers, não terei escolha a não ser recusar. E vou chamar um veterinário para ajudar com o pênis dele também.

Grrr. Ela me pegou nisso. Não com as tosas e problemas penianos do Sr. Goobers, obviamente. É o status não reembolsável de seu presente extremamente caro que torna praticamente impossível recusá-lo.

— Preciso falar com meu filho — digo, agarrando-me a qualquer coisa. — Se ele se recusar a ir...

— Reagan? Você está brincando comigo, certo? Ele vai pular mais alto do que o Sr. Goobers em busca de guloseimas — diz Jolene. — Mas faça o que for preciso para se sentir confortável. Porque você vai sair de férias e vai consertar a deficiência de D.

— Acampamento de verão!? — Reagan grita antes que eu possa lhe contar quaisquer detalhes, como que não haverá canibais lá. — Obrigado, obrigado, obrigado! — Ele começa a correr pela casa como um dos meus clientes de quatro patas quando eles ficam muito animados.

Jolene estava certa. Ele está claramente nas nuvens. Tanto que meu peito aperta de forma desagradável. Precisarei descobrir como proporcionar a ele mais experiências como essa.

Mas também... machucaria meu filho pelo menos

fingir que sentirá falta da pessoa que esteve em trabalho de parto tentando dar à luz a ele por trinta e cinco horas torturantes?

No voo para Jacksonville, Reagan joga seu videogame enquanto eu faço o possível para não gritar com ele ou com qualquer outro espectador inocente. Graças à minha sorte, o Mar Vermelho chegou há poucas horas, me dando o tipo de cólica que, se você desse a um prisioneiro de guerra, iria contra as Convenções de Genebra.

Obrigada, corpo. Uma relaxante viagem de avião era pedir demais?

Olho para o meu pulso, onde está meu presente de aniversário do ano passado. É um Octothorpe Glorp, um monitor de fitness que deveria me avisar quando 'Tio Chico' chegasse. Muitas vezes, imagino o aparelho me respondendo com uma voz que é uma mistura de Richard Simmons e Gollum:

Minha querida Preciosa, se eu pudesse, guardaria todos os absorventes internos que você já usou em um santuário e colaria neles os sorrisos que recortei das minhas fotos favoritas suas. Infelizmente, quando se trata do recurso que você mencionou, eu apenas acompanho seus ciclos, não os prevejo.

Sofro o resto do voo tão estoicamente quanto posso. Assim que pousamos, alugo um carro e levo Reagan direto para o acampamento – um estabelecimento praiano e descontraído que toca Jimmy Buffett continuamente.

— OK, tchau — diz Reagan sem um segundo de hesitação antes de sair correndo para conferir o lugar.

Espero para ter certeza de que ele não volte correndo e me diga que não gosta do que vê. Não. Ele provavelmente pensa que já fui embora ou esqueceu completamente que existo.

— Ele terá acesso a um telefone — diz o conselheiro com aparência de escoteiro mais próximo, de forma tranquilizadora. — E temos o seu número em arquivo. Assim que ele estiver instalado, ele ligará para você. Pode ir.

Com um suspiro, volto para o carro e começo a dirigir.

Meu humor já estava péssimo, mas agora está pior do que o de um hipopótamo estressado, privado de sono e cheio de carrapatos. A natureza verde e idílica ao meu redor só me faz sentir um merda sobre onde eu realmente moro, assim como as estradas muito mais bonitas e mais limpas. Mas, então, quase atropelo um jacaré vivo e me sinto um pouco melhor com a comparação entre meu xará em Nova York e Palm Islet, Flórida, a pequena cidade ilustre onde serão minhas férias. O mesmo acontece quando um cervo tenta cometer suicídio em um carro alguns minutos depois, e quando a mulher no carro à minha frente para para resgatar uma tartaruga – sendo urinada no processo.

Tenho que amar a Flórida.

Acontece que meu Airbnb está localizado em um condomínio fechado, e a segurança feminina na entrada é tão meticulosa quanto uma oficial da segurança de aeroporto. Quando todos os meus papéis parecem estar em ordem, ela torce o nariz e murmura algo sobre a AMO (Associação de Moradores) geralmente proibir os aluguéis do Airbnb na comunidade, e que o meu é uma rara exceção à regra. Ela ainda me informa que a AMO geralmente cobra uma taxa de pernoite, mas que o proprietário do *meu* Airbnb está isento de "todas as regras".

Ah, a humanidade. Como os membros pobres da AMO dormem à noite? Enquanto parto, é preciso fazer um esforço para não perguntar se a AMO, neste caso, significa Autoridade Meticulosamente Orgulhosa.

Dirigindo pela comunidade, noto que as casas são encantadoras misturas de estilos espanhol, mediterrâneo e caribenho, e que todas têm gramados impecáveis – deve ser a mesma AMO governando com mão de ferro. Mas quando entro no beco sem saída onde meu Airbnb está localizado, o padrão monótono é quebrado. As casas número quatro e cinco na Gatorview Drive são gêmeas, e ambas têm cantos agudos, são cobertas por superfícies espelhadas e toneladas de cromo, e me lembram algo que você pode ver em um museu de arte moderna.

Como uma delas é minha, presumo que ambas pertençam ao mesmo proprietário isento de regras da AMO.

Meu humor melhora minuciosamente quando

avisto o lago adjacente às duas casas, com a natureza intocada na margem oposta. A vista do meu Airbnb deve ser espetacular, embora um pouco menos do que a da casa vizinha.

Eu verifico meu rastreador de fitness para saber as horas.

Querida Preciosa deveria considerar tomar mais medidas, para apertar aquelas coxas suculentas para meu prazer de perseguir – quero dizer, de ver.

Droga. Cheguei muito cedo para fazer o check-in e está ficando muito quente. De acordo com Evan, que tem me enviado mensagens taciturnas em nome deste Airbnb, o código da fechadura da garagem só pode ser usado depois das onze e meia, mas até lá posso morrer de insolação.

Além disso, quero que as férias comecem, junto com o relaxamento associado.

Por que não testo esse código agora?

Caminhando até a garagem, digito o código e a porta se abre. Ponto para mim! Entre isso e a falta de carro na garagem ou na calçada, tenho quase certeza de que consigo entrar em casa.

Depois de estacionar na garagem, abro a porta da casa propriamente dita – que, segundo Evan, é a entrada que usarei para entrar e sair.

A porta leva direto para uma cozinha ultramoderna do tamanho de todo o meu apartamento, e ali, na ilha de granito, há uma variedade de deliciosas tapas.

Agora, esta é uma recepção elegante. Vejo um pedacinho de salmão grelhado, um prato de gigante plaki, um acompanhamento de arroz, uma variedade de picles, uma tonelada de pequenos pratos de vegetais e algo que parece e cheira exatamente como sopa de missô.

Tapa japonesa?

Dando de ombros, sinto o gosto do salmão enquanto aprecio a vista do lago através de uma janela do chão ao teto.

Estou com ciúmes dos floridenses mais uma vez. Em Nova York, seria preciso ser bilionário para ter algo próximo a esta casa com esse tipo de vista.

O peixe está divino, então provo cada um dos vegetais, que também estão incríveis. Até o feijão plaki está saboroso, e a sopa de missô é a melhor do gênero, doce e salgada na mesma medida.

De repente, ouço um farfalhar do outro lado da ilha. Que diabos?

A ilha está bloqueando minha visão, então, vou cautelosamente até o local de onde vem o som: uma pia que não consegui ver antes.

Eu suspiro.

Um homem está se levantando. Com base nas ferramentas espalhadas pelo chão, presumo que ele deva ser um encanador para consertar a pia.

Agora, admito que, até hoje, se eu fosse forçada a imaginar um encanador na minha cabeça, ele (isso é sexista?) pareceria o Super Mario com um bigode de desenho animado, macacão e tanto apelo sexual quanto um peixe-bolha.

Este encanador, entretanto, deve ser o homem mais gostoso que já vi.

Seus olhos são do azul-claro de um Husky Siberiano, seu cabelo tem o tom descolorido pelo sol da pelagem de um Golden Retriever e seus traços faciais angulares e nítidos são divinos, sem analogias de cachorro. Infelizmente, seus ouvidos estão cobertos por fones de ouvido, mas aposto que eles também são divinos. Ah, e seu peito nu ostenta um exército de músculos brilhantes que inclui um tanquinho. Além disso, seus mamilos estão duros.

Correção, *meus* mamilos que estão duros.

Ao me ver, ele franze a testa, mas faz até mesmo o mal-humorado parecer bem. Então, seu olhar recai sobre o que resta das tapas e seus olhos lançam raios de gelo para mim.

— Quem é você? — Ele pergunta em um rosnado baixo que de alguma forma consegue ser sexy. — E por que você comeu a porra do meu café da manhã?

Capítulo Dois

EVAN

Vinte minutos antes

Estou morrendo de fome. Se eu não comer logo, acho que posso desmaiar.

O cárdio em jejum é a ideia mais estúpida desde lutar contra crocodilos e caçar águias usando drones.

Depois da minha corrida matinal na praia, pareço um urso que acordou depois de um longo inverno, e estou falando dos ursos típicos, não dos encrenqueiros remexendo o lixo que temos por aqui e que nem precisam hibernar por conta do clima quente. Estou com dor de cabeça, energia zero e me sinto extremamente irado (como o dito urso), principalmente com as estupidezes do mundo, que são muitas. Caso em questão: eu estava prestes a tomar meu café da manhã depois de examinar a casa para o próximo locatário, mas acabei de descobrir que a pia está entupida depois de lavar as mãos.

Alguém pode me lembrar por que faço isso? Achava que era porque gosto de conviver com pessoas de lugares diferentes, mas agora começo a desconfiar que tenho um lado masoquista.

O que eu não esperava é que além do convívio, você também aprende que tipo de coisas as pessoas colocam na lixeira. Até agora, vi uma peruca loira, um chifre de veado, um pneu de bicicleta e vibradores e plugs anais suficientes para abastecer uma loja de brinquedos sexuais.

Foda-se. Eu tenho que ver o que é. Não poderei desfrutar da minha refeição até que isso seja resolvido. Talvez eu comece minha própria tendência: encanamento em jejum.

Tirando a camisa, vou para baixo da pia e adiciono um novo causador de entupimento à minha coleção: um Pokémon de pelúcia, especificamente o Pikachu.

Meu primeiro instinto é escrever uma crítica negativa para a família no Airbnb e cobrar uma taxa, mas rapidamente mudo de ideia. Eu odeio críticas negativas com paixão, então, a Regra de Ouro diz que eu não deveria distribuí-las a menos que eu realmente queira e, no momento, pode ser meu mau humor por fome me tentando.

O que preciso é de uma refeição, seguida de algum aconchego com Harry e Sally. Se eu ainda estiver chateado com o Pikachu amanhã, escreverei a resenha então. Embora eu já saiba que não o farei, porque nunca escrevi críticas negativas sobre outros hóspedes cujos itens diversos entupiram a mesma unidade de descarte.

Saindo de debaixo da pia, ouço algo que faz meu coração faminto por comida pular.

Um intruso?

Improvável em um condomínio fechado, mas não impossível.

Eu cuidadosamente me levanto.

É uma mulher.

Uma mulher alta e esbelta, com cabelos brilhantes da cor de chocolate, olhos do mais delicioso tom de caramelo, pele de sorvete de baunilha e uma boca madura como...

Caralho. Preciso comer para poder parar de ver o mundo inteiro em termos alimentares.

Então, meus olhos caem sobre meu café da manhã, aquilo com que venho fantasiando.

Sumiu.

Esta *ladra* comeu.

Não.

Porra, não.

— Quem é você? — Eu tiro os fones dos meus ouvidos. — E por que você comeu a porra do meu café da manhã?

As mãos da estranha vão para seus quadris. — Estou alugando este lugar. Quem é você?

Então, esta é Brooklyn... do Brooklyn. — Você *não* está alugando nada ainda — digo. — Da última vez que verifiquei, Nova York e Palm Islet estão no mesmo fuso horário e ainda não são onze e meia em nenhum dos dois lugares.

Ela dá um passo para trás, mas então seus olhos ficam semicerrados. — Então... É *assim* que rola o atendimento ao cliente por aqui?

Meu queixo treme. — Deixe-me reiterar. Você não é uma cliente. Ainda não. Você parece mais uma invasora e, por aqui, eles costumam levar tiros.

— Ah, então você é totalmente psicopata? — Ela me examina sem o medo que deveria acompanhar sua declaração. Quando seu olhar pousa na minha mão, seus olhos se arregalam. — Isso é um bicho de pelúcia triturado?

Merda. Estou segurando o falecido Pikachu como uma bola antiestresse. Talvez eu pareça um psicopata... ou pior, o estereótipo de um nativo da Flórida.

Abro o lixo e enterro os restos mortais de Pikachu sem fazer um elogio. — O pirralho que saiu esta manhã jogou aquele brinquedo no triturador de lixo.

Brooklyn levanta o queixo pontudo. — Então você não é apenas rude, mas também odeia crianças.

Odeio crianças? Minha raiva aumenta ainda mais. Já ouvi essa acusação antes – é verdade, em circunstâncias diferentes – e é tão falsa quanto irritante.

— O que mais? — Ela continua. — Você dá socos em velhinhas nas horas vagas?

Essas hipotéticas velhinhas fazem parte da AMO? De qualquer forma, eu nunca daria um soco em uma...

não importa o quão tentadora essas senhoras em particular às vezes façam a proposta.

— Eu sou rude? — Faço um gesto para minha pretensa refeição. — *Eu* não invadi e comi *sua* comida.

— Você não pode deixar isso passar? — Ela deixa os pés mais abertos, como um boxeador pronto para dar outra rodada. — Achei que as tapas estavam aqui como uma recepção calorosa. Claramente, você não sabe o significado do termo.

— Tapas? — Limpo uma gota de suor da minha testa. — Esse era um café da manhã tradicional japonês.

Ela torce o nariz. — Salmão no café da manhã?

Eu solto um suspiro frustrado. — Agora você está zombando de toda uma cultura?

— Não — diz ela — Só de você.

— Os nova-iorquinos não colocam salmão defumado em seus bagels? — digo. — Isso também é salmão.

Ela zomba. — Todo mundo não coloca salmão defumado em seus bagels?

Touché. Além disso, pensar em um bagel com salmão defumado faz meu estômago roncar tão alto que ela fica surpresa. Então, pela primeira vez, algo parecido com culpa aparece em seu rosto.

— Olha — diz ela —, obviamente, se eu soubesse que era a sua comida, não a teria comido.

Respiro fundo e forço meus ombros a relaxarem. — Isso é um pedido de desculpas?

Ela visivelmente se irrita. — Você vai se desculpar por ser um idiota?

— Não, mas você também pode se considerar um por ter feito check-in mais cedo.

Pronto.

Sinto-me como um santo ao sair da cozinha, pelo menos até sentir o cheiro do perfume dela, ou seja lá o que for. Yuzu, sálvia e cravo. Delicioso.

Caralho. Meu estômago está revirado de novo.

Batendo a porta atrás de mim, corro para minha casa, onde um café da manhã muito pior me aguarda.

Capítulo Três

BROOKLYN

Quando o idiota passa por mim, meu nariz detecta carambola, sal marinho e cera. Hum. Quando combinados com sua aparência, os dois últimos aromas me fazem pensar que ele pode ser surfista nas horas vagas.

Mas os surfistas não são mais tranquilos? Sua personalidade é a que a maioria das pessoas pensaria dos Pit Bulls e os Chihuahuas – embora esses estereótipos injustos de cães sejam preconceituosos.

— Espere, você esqueceu suas ferramentas! — Grito, mas ele não me ouve.

Ótimo. Isso significa que provavelmente terei que vê-lo novamente.

Respiro fundo para me acalmar e termino o resto de seu café da manhã, já que é melhor fazê-lo. Quando a comida acaba, engulo meu último Advil e saio para a varanda telada para examinar a piscina gigante de frente para o lago.

Uau.

Mesmo que eu não estivesse a poucos minutos da praia, essas férias ainda seriam incríveis.

Talvez eu consiga relaxar pela primeira vez em sete anos?

Me jogo em uma espreguiçadeira próxima, mas em vez de relaxar, minha mente começa a repassar a interação com o encanador gostoso, e me pergunto se exagerei. Talvez alguma irritabilidade induzida pela menstruação?

Ah, bem. Pelo menos tenho meus hormônios como desculpa. Qual é a dele?

De repente, um barulho irritante chega aos meus ouvidos. É um zumbido alto que me lembra um aspirador de pó gigante do inferno.

Falando em inferno, por que estou sentindo cheiro de enxofre?

Eu examino meu entorno. Há um sprinkler funcionando no lado direito do gramado, mas não faz *tanto* barulho.

Então, vejo de onde vem o barulho. O encanador está pilotando uma máquina infernal pela grama, ainda sem camisa.

Ele está cortando a grama ou filmando um anúncio dessa máquina – e de repente sinto vontade de comprar uma.

Acho que ele é mais do que apenas um encanador.

— Ei! — Grito.

Nenhuma reação.

— Cara!

Não. Ele está com fones de ouvido, então, entre isso e o barulho, duvido que ele consiga se ouvir pensando... presumindo que ele se envolva nessa atividade.

Abro a porta da varanda e agito os braços.

Ele finalmente para a máquina e tira os fones de ouvido.

— Você pode *não* fazer isso? — Grito.

Seus olhos se estreitam. — Não fazer o quê? Existir?

Reviro os olhos. — Você pode existir o quanto quiser, mas talvez sem tanto barulho?

— Oh. — Ele olha para onde está sentado. — O corte da grama está incomodando você?

Isso foi sarcasmo? — Sim! Isso incomodaria qualquer um com ouvidos. Alguma chance de você fazer isso uma outra hora?

Ele suspira. — O plano original era fazer isso *antes* de você fazer o check-in, mas sabemos *o que* aconteceu.

Eu correspondo ao seu suspiro. — Então... isso é um 'não'?

Ele solta um suspiro irritado. — Quando seria mais conveniente para você, Majestade?

— Sempre soa assim? — Eu pergunto.

Ele balança a cabeça irritado.

Olho para a altura perfeitamente razoável da grama. — Você pode fazer isso *depois* que eu sair? — Um momento que ele provavelmente aguarda com grande expectativa.

O cara examina a grama como se nunca a tivesse visto antes. — Se eu não fizer isso logo, alguém da AMO vai reclamar, e eles são muito mais irritantes do que você.

Isso é um elogio velado ou uma acusação à AMO?

— Talvez você possa fazer isso enquanto eu estiver fora — Sugiro.

Ele enxuga algumas gotas de suor do torso de uma forma extremamente perturbadora. — E quando será isso?

Eu elimino fantasias de lamber suor da minha mente. — Vou precisar ir comprar mantimentos em breve. — Incluindo mais Advil, porque minha dor de cabeça está piorando cada vez mais, embora minhas cólicas tenham diminuído um pouco. Meu útero parece estar mais feliz no momento. Não faço ideia do porquê.

— Quando será 'em breve'?

— Uma hora? — Eu configuro um cronômetro no meu telefone.

— Tudo bem — Ele diz.

— Ótimo. Agora... você sabe o que é esse cheiro horrível?

Ele fareja o ar antes que uma sugestão de sorriso toque seus olhos. — Aquele que lembra ovos podres?

Eu concordo.

— Os sprinklers aqui usam água de poço — diz ele. — É assim que cheira.

Como que para confirmar suas palavras, o vento

sopra em minha direção vindo do sprinkler e testa meu reflexo de engasgo.

— Alguma chance de você ligar os sprinklers em outra hora? — Pergunto.

Pareço esnobe? Se for assim, eu o culpo por isso também – nisso, ele traz à tona o que há de pior em mim.

Ele curva o lábio superior. — Se for conveniente para Vossa Majestade, ligarei os sprinklers antes do nascer do sol.

— Ótimo. Obrigada.

— Isso é tudo? — Ele pergunta, quase me desafiando a abordar outra coisa.

— Você esqueceu suas ferramentas no chão da cozinha — digo.

— Vou pegá-las em uma hora — diz ele, depois reinicia a abominável máquina e vai embora, deixando a fumaça da gasolina em seu rastro.

Volto para dentro e sento em um sofá confortável com vista para os sprinklers fedorentos. Não vou voltar para fora até ver a água ir embora.

Enquanto sento, sinto uma pontada obscena de decepção ao ver as ferramentas que ele deixou para trás. Uma parte de mim *quer* que ele venha buscá-las quando eu *estiver* em casa? Se sim, o que há de errado com essa parte de mim? Jolene de alguma forma entrou na minha cabeça?

Não, não estou sendo justa com Jolene. Quando ela pregou sobre eu precisar de um pouco de D, não foi isso que ela quis dizer. Até ela sabe a diferença entre conseguir um pau e ficar com um pau.

Não que eu opte pelo primeiro nessas férias, independentemente de quão legal o cara ligado a um possa ser. Aquela conexão casual que mudou para sempre minha vida foi a última. Se eu fizer sexo, terá que ser parte de um relacionamento real, e isso não acontecerá nas férias. O máximo que eu poderia esperar de um CEP tão distante é uma aventura, que é basicamente uma conexão prolongada.

De qualquer forma, mesmo que o encanador/cortador de grama fosse nova-iorquino, ele não seria adequado para um relacionamento.

Meu telefone toca.

É Reagan. Ele fala sobre o quanto ama o acampamento por alguns minutos antes de perguntar como estão as coisas comigo.

— Ótimas, garoto — digo. — O lugar é muito legal. Vou fazer compras e talvez dar uma olhada na praia depois disso.

— Hoje vamos à praia mais tarde — diz ele entusiasmado, e me conta todo o roteiro que antecede a viagem à praia antes de começar a contar a história dos amigos que já fez.

Falando em amigos, inicio uma teleconferência com as minhas assim que desligo para agradecê-las novamente pelo presente incrível.

— Mande fotos de tudo — Exige Dorothy.

— Mas talvez não do D — Jolene interrompe. — Pelo menos, não os mande para a Sra. Puritana.

Os sprinklers são desligados do lado de fora.

Então ele cumpriu o acordo. Bom. O mínimo que ele pode fazer.

Despeço-me das minhas amigas e saio para relaxar à beira da piscina.

Quando me sento, sinto uma brisa quente e agradável na pele e o ar está limpo de enxofre. Tudo o que sinto é cheiro de grama recém-cortada.

O comprimido que tomei antes também deve estar fazendo efeito, porque me sinto seminormal e à beira da calma.

Provavelmente é por isso que o alarme que configurei anteriormente dispara neste exato momento.

Certo. Prometi não estar aqui quando ele vier pegar suas ferramentas e terminar de cortar a grama.

Grrr. Levanto-me e verifico a temperatura da piscina.

Quente e perfeita, é claro. Outra razão pela qual não quero ir embora.

Talvez eu não precise? Talvez eu pudesse colocar protetores de ouvido e nadar enquanto ele faz barulho?

Não. Acho que isso pode ser aquela parte maluca de mim planejando fazer com que o encanador me veja de biquíni – como vingança por sua tendência de se exibir sem camisa. Embora pálida, estou em muito boa forma e não tenho oportunidade de exibir esse fato há anos.

Certo. Usarei a piscina mais tarde. O oceano pode ser melhor, de qualquer maneira.

Voltando, coloco meu biquíni, coloco um vestido de

verão por cima e dirijo até o supermercado local, onde só compro Advil por enquanto – as compras podem morrer se eu as deixar no porta-malas com esse calor.

Quando entro na praia, sinto-me quase tonta. Há algo especial na sensação da areia quente entre os dedos dos pés, no som das ondas e na vista da infinita extensão azul. Algo que alivia minha dor de cabeça melhor do que qualquer medicamento.

Também, para melhorar meu humor, uma visão muito estranha: duas pessoas sentadas na praia em um sofá de verdade. Ele parece um Bedlington Terrier e ela, um Cão de Crista Chinês.

Por que o sofá? Como? Quem se importa? Espero que o que aconteceu tenha sido: alguém jogou fora o sofá e esse casal empreendedor o pegou e decidiu que daria uma ótima cadeira de praia. Ou eles reformaram seu próprio sofá dessa forma. Inferno, pelo que sei, isso pode ser uma tradição da Flórida, como os nova-iorquinos amarrando os cadarços de seus tênis velhos e jogando-os para pendurar em linhas de energia.

Com um sorriso no rosto, me aproximo para sentir a temperatura do oceano.

Está quente, mas há um grande problema se eu quiser nadar: as ondas são muito altas. Além disso, agora que estou prestando atenção, vejo uma bandeira vermelha próxima e uma placa abaixo dela que diz: "Não é recomendado nadar hoje. Nenhum salva-vidas trabalhando."

Ah, bem. Mergulhar nos raios do sol pode ser todo o relaxamento de que preciso.

Estendo minha toalha, me esparramo sobre ela, fecho os olhos e finjo que também estou sentada em um sofá... é quando adormeço.

———

Por que minha boca está tão crocante, por que estou com tanto calor e que cheiro é esse?

Abro os olhos e me vejo de bruços na areia, com a toalha me cobrindo como um cobertor, em vez de ficar embaixo de mim como uma toalha de praia fiel deveria fazer.

Droga. Tenho areia suficiente na boca para fazer um pequeno castelo.

Sentindo-me muito elegante, passo os minutos seguintes cuspindo vigorosamente. Em seguida, procuro alguma fonte de água para enxaguar a boca e descobrir a origem do cheiro estranho. Se for água de poço de novo, posso usá-la apenas para enxaguar a boca, com ou sem cheiro.

Não. Não são sprinklers, mas algo mais estranho. Uma vaca está parada por perto e o cheiro vem de uma caca que ela fez. E sim, quero dizer uma vaca normal, do tipo que faz "muuu", não uma vaca marinha, como no peixe-boi, um animal pelo qual esta área é realmente famosa. Graças à coloração e aos olhos tristes, ela se parece com um Basset Hound gigante, só que sem as orelhas caídas e com chifres.

Esfrego os olhos, o que é um erro, porque agora eles

também parecem arenosos. A vaca poderia ser uma alucinação provocada por uma insolação?

Mas então, por que o casal naquele sofá também está olhando para ela? Eu *os* vi antes de adormecer.

Mais importante ainda, a vaca poderia me dar um pouco de leite para enxaguar a boca?

Eu me encolho enquanto a cena se desenrola diante dos meus olhos: vou até a vaca, agarro seu úbere – que é basicamente um seio – e coloco-o na boca.

Sim. Não, obrigada. Talvez se eu tivesse continuado na escola e me tornado veterinária como sempre quis, teria experiência com vacas e seria capaz de fazer algo assim, mas não com meus certificados como tratadora de animais de estimação. A vaca me daria um chute na cabeça – e teria razão ao fazê-lo – e então, eu morreria e me tornaria uma daquelas histórias "só na Flórida" no noticiário.

Tardiamente, lembro-me do banheiro que vi perto de onde estacionei, então é onde vou enxaguar a boca.

Exceto que uma placa acima da pia diz: "Perigo. Água não potável, não beba."

Hum. Claramente, você pode lavar as mãos com essa água, então a grande questão é: enxaguar a boca seria mais próximo de beber ou lavar as mãos?

Caralho. Bebo um pouco de água e enxáguo a boca, depois os olhos.

Ah. Muito melhor. Tomara que eu não pegue terçol e cólera.

Volto para minha toalha bem a tempo de

testemunhar um cara bigodudo com aparência de Bull Terrier depositando o cocô de vaca em um saco grande, como os donos de cães fazem com seus protegidos.

Esquisito. O Bull Terrier então leva a vaca embora – antes que alguém tenha a chance de fazer perguntas óbvias.

Minha teoria é que era uma daquelas vacas de corte de Kobe – sem relação com o famoso jogador de basquete. Supostamente, essas vacas são tratadas como membros da realeza, recebendo cerveja, massagens e provavelmente pedicure também. Se isso for verdade, por que não dar um passeio na praia?

Refletindo um pouco mais sobre essa questão, sento-me na toalha e admiro o oceano.

Hum. Apesar da placa de proibição de nadar, há surfistas ao longe.

Na verdade, um deles tem até um Golden Retriever na prancha com ele. Quão fofo é isso?

Suspiro melancolicamente. Reagan ficaria muito feliz se visse isso. Ele adora vídeos de cachorros fazendo todo tipo de coisas divertidas, desde cantar até digitar. Ele também apresentaria um bom argumento para ir nadar... e não ser um covarde.

Talvez eu simplesmente entre até que a água chegue até os joelhos. Assim, posso molhar o rosto e me refrescar um pouco. Certamente isso deveria ser seguro.

Com cuidado, me aproximo da água e entro até meus tornozelos ficarem molhados – que é quando uma onda enorme surge do nada.

Splash!

Meu mundo gira enquanto sou derrubada.

Agito os braços enquanto a água me envolve por todos os lados, mas não adianta. A água me arrasta de volta para o oceano, e minha vida passa diante dos meus olhos enquanto me preparo para me afogar.

Capítulo Quatro

EVAN

Algumas horas antes

Assim que me sinto saciado com minha chata tigela de cereal, percebo que agi de maneira abaixo do ideal quando conheci a nova locatária. Ela presumiu que minha comida era uma refeição de boas-vindas esperando por ela – uma suposição *não tão* louca. Na verdade, brinquei com a ideia de deixar lanches, mas nunca a implementei.

Eu solto um suspiro. Em minha defesa, ela não precisava ser tão truculenta. Ainda assim, considerarei fortemente pedir desculpas se tiver oportunidade.

Só que quando começo a cortar a grama, lá está ela, ainda mais adversária do que antes.

Porra. Por que são sempre as atraentes? Esqueça o pedido de desculpas. Vou evitá-la durante sua estadia, o que é meio chato, já que somos vizinhos e ela é a única pessoa com menos de sessenta e cinco anos em um raio de dezesseis quilômetros.

Que seja. Como tenho energia e o cortador de grama, corto a grama para um dos meus vizinhos mais simpáticos e idosos – um dos poucos que não me causa sofrimento relacionado à AMO.

Quando a hora acaba, certifico-me de que o carro de Brooklyn não esteja na garagem e então corto a grama do aluguel. Depois, entro para pegar minhas ferramentas na cozinha – e lá está ela.

Sally, minha gata.

— Como você está aqui? — Pergunto.

Ela pisca lentamente para mim, e não é difícil adivinhar o que aquele olhar preguiçoso está dizendo:

Bem, duh. Usando nossas artimanhas, escapamos do palácio maligno onde nosso captor nos esconde do Grande Gato de armadura brilhante.

Com um suspiro, pego Sally e as ferramentas antes de ir para casa, onde encontro uma das portas deslizantes entreaberta, provavelmente por isso que ela saiu.

— Como você abriu isso? — Questiono.

Sally balança o rabo.

Artimanhas, lembra?

Harry, meu cachorro, corre até mim e abana o rabo com tanto entusiasmo que você pensaria que eu fiquei fora por um ano.

Cara humano e cara gato. Vocês dois finalmente estão em casa. Que incrível.

Encho as tigelas de comida de ambos e, enquanto eles comem, preparo tudo para uma viagem à praia.

Assim que Harry termina de comer, ele corre para cheirar a prancha de surf.

Não se esqueça de mim, mano. Você sabe o quanto gosto de surfar nessas ondas.

Eu sorrio. — Vou mais por você do que por mim, então você vem, não se preocupe.

Coloco Harry e a prancha no carro. Enquanto pego minhas chaves, Sally me lança um olhar sinistro.

Se nosso malvado captor tiver a mínima ideia de nos aproximar daquela quantidade obscena de água, olhos serão arrancados.

Tudo está como sempre na praia: Boone e Bonnie estão sentados no sofá que encontraram em um ferro-velho há uma semana e, ao longe, Calvin está passeando com uma de suas vacas de estimação.

Não. Espere. Algo está diferente. Há uma mulher deitada na areia.

Considerando o quão pálidas são suas costas, ela é uma turista ou uma vampira.

Apenas minha sorte. Os moradores locais não se importam quando Harry está sem coleira, mas ela pode se importar.

À medida que me aproximo, reconheço-a. É Brooklyn e ela não está tomando sol. Pelo menos não de propósito. Ela parece ter adormecido de bruços na areia e, de alguma forma, também rolou para longe da toalha.

Ainda bem que a casa que ela alugou tem uma cama king-size, caso contrário ela provavelmente cairia.

Eu estremeço enquanto vejo o sol assar impiedosamente sua pele macia e bonita. Mesmo que ela esteja usando protetor solar, ela terá queimaduras de segundo grau em uma hora.

A coisa mais humana a fazer seria acordá-la, mas então, ela arrancaria minha cabeça com uma mordida.

Não, preciso de outra ideia. Se eu tivesse um guarda-sol no carro, colocaria aqui, mas não tenho. Então, arriscando minhas bolas e minha sanidade, pego sua toalha e a cubro para evitar mais exposição ao sol.

Pronto. Duvido que ela faria algo assim por mim.

Harry olha para o oceano e choraminga.

— Sim, sim — digo a ele. — Já vamos.

Assim que Harry está vestido com seu dispositivo de flutuação canino, pego minha prancha e entramos nas ondas.

Ahh. Só o surf me traz esta intensa sensação de relaxamento misturada com alegria, paz com terror e, acima de tudo, uma sensação quase espiritual de liberdade. Harry também adora e se diverte tanto que me faz apreciar ainda mais o surf. Também sou grato por ele estar na minha vida, porque muitas vezes ele me arrasta para fazer isso quando mais preciso.

No momento em que estou montando um grande kahuna, vejo Brooklyn se aproximando da água e toda a minha alegria evapora.

A mulher não sabe ler? A placa diz claramente que o oceano não é seguro. Até mesmo Harry e eu temos que ter cuidado hoje, e temos vindo a esta praia a vida toda – sem mencionar que ele tem treinamento em resgate aquático e eu sou salva-vidas certificado.

— Não! — Grito, mas duvido que ela possa me ouvir por cima das ondas.

Caramba. Ela está entrando na água. Ela não vê...

Porra.

A onda que estava claramente vindo em sua direção a derruba.

— Vá ajudá-la — Ordeno a Harry e aponto para ela antes de entrar em ação, uma explosão de adrenalina me impulsionando em direção à costa.

Chego antes de Harry ao local, mas não vejo Brooklyn na superfície e, quando mergulho, é tudo areia lamacenta.

Um momento depois, Harry late, seu nariz apontando para um lugar a alguns metros de distância.

Com o coração martelando no peito, mergulho – e lá está ela.

O mais rápido que posso, posiciono minha prancha sob seu peito para manter sua cabeça acima da água. Movendo-me mais rápido do que pensei ser possível, coloco-a na areia seca e, em seguida, movo-a para que fique estendida na prancha de surf, longe de qualquer onda que possa surgir.

— Estou ligando para o 911! — Bonnie grita do sofá.

Não agradeço a Bonnie agora, mas agradecerei mais tarde – neste momento, cada milissegundo conta.

Verifico se Brooklyn está respirando.

Nada.

Mesmo quando o gelo se espalha pelas minhas veias, meu treinamento entra em ação e começo a ressuscitação cardiopulmonar.

No início, não há efeito.

Enquanto inalo, preparando-me para outra respiração de resgate, ela engasga, depois rola e vomita água do mar, com os olhos selvagens e assustados.

Eu seguro seu cabelo e acaricio suavemente suas costas. À medida que seus espasmos diminuem, eu a ajudo a se deitar na prancha. Ela fecha os olhos, ainda respirando com dificuldade. Ao observar seu peito se mover, parece que estou reaprendendo a respirar também. Não sei por que fiquei tão tenso, provavelmente porque esta é minha primeira tentativa real de resgate.

Alguns segundos depois, Brooklyn abre os olhos, parecendo um pouco mais calma. Ela pode estar bem, mas não me deixo relaxar. As aparências podem enganar.

— A onda veio — Ela diz hesitante.

— Sim. — Estou orgulhoso de quão reconfortante pareço, dada a minha tentação esmagadora de castigá-la por entrar em um oceano tão bravo.

— Eu quase me afoguei? — Ela pergunta.

Concordo com a cabeça, o gelo enchendo meu estômago de novo ao saber o quão perto ela esteve de morrer. — Mas você está respirando agora e os paramédicos estão a caminho — digo, para me tranquilizar tanto quanto a ela. — Você deveria estar bem.

Ela se senta. — Paramédicos? Não. Eu não preciso disso. Já estou bem.

— Você quase se afogou. — Manter um tom suave está se tornando mais difícil. — Você precisa ir para o hospital.

Ela torce o nariz. — Eu não gosto de hospitais.

Meu queixo treme. — Só os hipocondríacos *gostam* de hospitais. E talvez nem eles.

— Mas estou respirando bem — Ela diz teimosamente.

— Você vai para o hospital — digo.

Ela estreita os olhos. — Você não pode me dizer o que fazer.

Suspiro exasperado. — Obviamente não vou arrastar você para o maldito hospital. Nem os paramédicos. Mas você pode ter danos nos órgãos por falta de oxigênio, então, você *deveria* ir.

Ela pisca. — Tudo que eu queria era apenas relaxar, pela primeira vez em muito tempo — diz ela, com a voz embargada, como se estivesse à beira das lágrimas. — Isso é pedir muito?

Eu gostava muito mais quando ela estava com raiva e irritada. Esse lado vulnerável dela torce algo em meu estômago. — Olha, Brooklyn — digo gentilmente. — Se os médicos te liberarem, você ainda terá mais seis dias para relaxar. E o resto de hoje.

— Acho que esqueci como relaxar — diz ela.

— Nesse caso, eu vou te ajudar — Fico chocado ao dizer. — Vou te levar para uma praia sem ondas. E então Sealand – um aquário próximo administrado por um cara com quem estudei no Ensino Médio. E se você gostar desse, também podemos ir para Octoworld, um lugar onde...

A sirene da ambulância abafa minhas próximas palavras.

Quando a cacofonia diminui, Brooklyn suspira. — Certo. Eu irei para aquele hospital estúpido.

— *Nós* vamos — digo. — Eu vou contigo.

— Você vai? — Ela pergunta, olhando para os paramédicos com medo.

— Se estiver tudo bem para você — digo.

Ela capta meu olhar. — Obrigada. Por tudo.

Coço a nuca. — Sem problemas.

— Vou fazer uma pergunta estúpida — diz ela corada. — Qual o seu nome?

Capítulo Cinco

BROOKLYN

Sinto-me uma completa idiota – e não apenas por causa da minha última pergunta. Depois de toda a dor que causei a ele, o cara salvou minha vida, mas, ainda assim, consigo ralhar com ele.

— Eu sou Evan. — Ele estende a mão calejada para mim e, assim que a aperto, sinto como se estivesse me afogando de novo, desta vez em hormônios que ficam descontrolados com seu toque.

Talvez haja algo na noção de que quando você se depara com a morte, você sente vontade de fazer sexo para provar que está vivo. Ou talvez Jolene seja mais sábia do que qualquer um imaginava. Talvez essa forte reação seja devido a uma grave deficiência de D. Alternativamente, pode ser que eu tenha danos cerebrais relacionados à privação de oxigênio.

— E você é Brooklyn — Evan afirma, me tirando do meu estupor.

— Culpada. Presumo que você seja o Evan com quem eu estava me correspondendo — digo.

O que significa que ele não é apenas encanador e cortador de grama, mas também administra a propriedade.

Atrás de Evan, vejo os paramédicos com uma maca. Ele segue meu olhar, depois se vira e diz: — Vai ficar tudo bem.

O cachorro com quem ele estava surfando choraminga. Ele deve perceber que Evan está planejando ir comigo na ambulância e que os cães não podem ir.

Ou podem?

Evan se vira para o casal no sofá. — Boone, Bonnie, Harry pode ficar com vocês?

Ao ouvir seu nome, Harry abana o rabo.

Apesar das circunstâncias, eu sorrio. Adoro animais em geral, e cães e gatos em particular. Este canino específico também é lindo, e seu rosto me lembra o de seu humano.

— Claro — Bonnie responde com um forte sotaque sulista.

— Obrigado — diz Evan. — E obrigado por ligar para o 911 quando você o fez.

Um dente está faltando no sorriso cheio de dentes de Bonnie. — A qualquer hora, querido. Qualquer. Hora.

Flertando tão descaradamente na frente do marido? Então, novamente, talvez Boone seja irmão dela? Ou –

e isso pode não ser uma boa ideia – ele poderia ser as duas coisas?

Harry abana o rabo para os paramédicos que chegam, mas eles o ignoram e se concentram em mim.

Pelo canto do olho, vejo Evan vestir algumas roupas.

Que pena. Seu torso sem camisa teria sido uma distração bem-vinda nessa viagem desagradável.

Depois de uma viagem acidentada na maca, encontro-me dentro da ambulância, com um Evan (infelizmente) completamente vestido ao meu lado.

— Os paramédicos foram duros contigo? — Pergunto. — Achei que apenas a família pudesse viajar na parte de trás.

Pela primeira vez desde que nos conhecemos, Evan sorri, e é como o nascer do sol sobre um oceano calmo. — Palm Islet é uma cidade relativamente pequena. Eu conheço os paramédicos, e quem eles permitem entrar fica a seu critério.

Se for verdade, os paramédicos em questão devem considerar Evan confiável.

Hum. O estranho é que estou começando a considerá-lo confiável também, e isso é inédito para mim. Depois que o pai de Reagan evaporou de nossas vidas, parei de confiar nos machos da minha espécie. Por outro lado, Evan salvou minha vida, e o único outro homem que fez isso foi o médico do Hospital Coney Island, há sete anos. Eu também confio nele, embora felizmente não precisei vê-lo desde então.

Eu limpo minha garganta. — Desculpe por mais

cedo. Eu não gosto de hospitais e descontei isso em você.

Evan assente. — Eu também odeio hospitais. Se nossos papéis tivessem sido invertidos, eu poderia ter agido da mesma maneira.

A profunda dor por trás dessas palavras é evidente na tempestade em seus olhos. Isso me faz querer levantar da maca e dar-lhe um grande abraço, mas em vez disso, estendo a mão e aperto sua mão grande entre as minhas. — O que aconteceu?

Ele olha confuso para nossas mãos unidas, depois encontra meu olhar. — Como você sabe que algo aconteceu?

Eu mordo meu lábio. — Porque odeio hospitais pelo mesmo motivo. Algo ruim aconteceu comigo lá.

Suas sobrancelhas se juntam. — O que foi? Você está bem?

— Estou agora. — Respiro fundo e deixo escapar: — Quase morri em um hospital. Se não fosse por esse cirurgião, eu não estaria aqui hoje.

A história completa é que eu quase morri após o parto, mas não quero compartilhar essa parte, em parte porque os detalhes são terríveis para os homens, mas também porque, por alguma razão incompreensível, não quero que ele saiba que sou mãe.

Espere. O quê? Essa última parte é tão idiota que tenho vontade de me dar um tapa. Estou nos imaginando em um relacionamento ou algo assim? Em qualquer caso, qual é a lógica para esconder Reagan?

Porque Evan obviamente odeia crianças? Mas como eu...

— Sinto muito — Evan diz suavemente. — É uma coisa terrível de se passar. — Ele respira fundo. — Minha mãe ficou muito tempo doente antes de falecer e praticamente morávamos no hospital. Agora, sempre que passo por lá, as lembranças são... — Ele para.

— Oh, não. — Mesmo estando afastada dos meus pais, não consigo imaginar perdê-los de uma forma tão dolorosa. Aperto sua mão. — Você não precisa ir comigo. Eu vou ficar bem.

— Não. — Ele afasta a mão. — Você não vai se livrar de mim tão facilmente.

Eu sorrio fracamente. — OK. Se você tem certeza.

— Tenho certeza — diz ele, e nesse momento a ambulância para e sou levada ao pronto-socorro com Evan ao meu lado.

— Coloque isso — Exige uma enfermeira, entregando-me uma bata.

Vou até o vestiário e troco o biquíni e a saída de praia pelo vestido que me faz sentir uma prisioneira em Azkaban.

Quando saio, a enfermeira se oferece para secar minhas roupas molhadas – um serviço que nunca aconteceria em Nova York.

Assim que consigo meu minúsculo espaço privado, pessoas aleatórias de uniforme medem meus sinais vitais e exigem saber o que aconteceu.

— Obrigada por estar aqui — digo a Evan quando

há um segundo de paz. — Acho que isso seria muito pior se eu estivesse sozinha.

Ele aperta meu ombro. — Sem problema.

Seu toque dispara meu pulso tão alto que um dos monitores conectados a mim emite um sinal sonoro. Eu me inclino para verificar o bipe do monitor, mas não sei como lê-lo, então olho para meu fiel Octothorpe Glorp.

Sim. Mesmo agora que a mão de Evan foi removida, estou marcando cerca de cento e vinte batidas por minuto.

Minha querida Preciosa, estou ficando com muita inveja de todos esses outros aparelhos que monitoram a majestade que é o seu corpo e todos os seus fluidos. Saiba que esses outros não são tão obcecados por você quanto eu. Não creio que nenhum deles observe você dormir a cada segundo de cada noite, e tenho certeza de que nenhum deles fantasia em comer as unhas dos pés.

Uma enfermeira jovem e atraente aparece em meu espaço, provavelmente para verificar se estou tendo uma parada cardíaca.

— Você está bem — Ela diz, e juro que ouço decepção em sua voz.

Hum. É a minha cara?

Não. Eu a vejo olhando ansiosamente para Evan, o que explica tudo.

— O médico está a caminho — Ela diz para ninguém em particular e sai correndo.

Ufa. Espero não ter que ficar aqui mais tempo do

que o necessário, ou então ela pode virar a enfermeira Ratched na minha cola.

— O médico provavelmente é Vic — Evan diz com um leve sorriso. — Ele é um amigo meu.

Sim. Quando o médico entra, sua etiqueta diz Victor Hugo.

Espere. Não é esse o nome daquele autor francês que escreveu *Os Miseráveis* e *O Corcunda de Notre Dame*?

Além disso, o médico me lembra a raça de cães Beauceron e é quase tão encantador quanto Evan. Existe algo nas águas de Palm Islet?

— Ei, Vic — diz Evan. — Como está sua avó?

— Melhor — Vic responde sem o menor sotaque francês. — Ela está fazendo jardinagem, se você pode acreditar nisso.

— Jardinagem após um ataque cardíaco. — Evan balança a cabeça. — Isso soa exatamente como sua avó.

Vic – ou Dr. Hugo, como prefiro chamá-lo – vira em minha direção. — Deixe-me ouvir seus pulmões.

Eu me sento e ele faz o que quer, o que deixa Evan tenso por algum motivo.

— OK. — Dr. Hugo guarda o estetoscópio. — Você quer primeiro as boas notícias ou as más?

Meus pés ficam frios. — O que é?

Dr. Hugo balança a cabeça. — Eu sinto muito. Eu estava prestes a fazer uma piada de mau gosto. São apenas boas notícias. Você está livre e limpa.

— Que porra é essa? — Evan exige. — Por que você diria uma merda dessas?

— Mais uma vez, sinto muito — diz o Dr. Hugo

para mim. — Eu ia fazer uma piada sem graça sobre a má notícia de que você está namorando um idiota.

— Não estamos namorando. — Evan parece prestes a dar um soco no amigo, mas revira os olhos.

Ei, ele precisava negar tão veementemente a ideia de namorarmos? Obviamente, é um absurdo, mas não é como se o Dr. Hugo estivesse errado ao fazer essa suposição, a menos que Evan pense que sou tão horrível e mal-intencionada que *está* fora de questão...

— Desculpe, de novo — diz o Dr. Hugo para mim. Um sorriso toca seus olhos quando ele acrescenta: — Você está saudável e não está namorando um idiota, tudo uma ótima notícia.

A mandíbula de Evan treme. — Se você quiser se tornar um comediante, não largue seu trabalho diário.

Com isso, eu pulo de pé. — Obrigada, Dr. Hugo.

— Por favor — Ele diz. — Me chame de Vic.

Isso foi um olhar mortal que Evan acabou de lançar a ele?

Homens. Com o tipo de amigos que fazem, quem precisa de inimigos?

— Pronta para ir? — Evan pergunta.

Levanto-me e localizo a enfermeira que se ofereceu para secar minhas roupas.

Dentro do vestiário, me troco e me sinto quase normal. Quando saio, os olhos de Evan percorrem meu corpo. Quase como se...

— Você está com queimadura de sol — diz Evan. — Uma ruim.

Então é isso. Ele não aprecia o que vê – ele está horrorizado.

Estico o pescoço para poder dar uma olhada nas minhas costas. Tudo que consigo ver é meu ombro, mas isso confirma o que Evan acabou de dizer.

Está vermelho. E agora que sei, também sinto.

Merda. Acho que com toda a adrenalina, bloqueei a queimadura ou pensei que fosse apenas por causa da pele seca, cortesia do ar do hospital. Mas não há dúvidas agora. Estou queimada e gravemente. A última vez que isso aconteceu, eu parecia uma lagosta cozida fantasiada de beterraba para o Halloween.

— É melhor irmos — diz Evan e me leva para fora, onde pegamos carona de volta para a praia na ambulância, graças aos simpáticos paramédicos.

Assim que saímos da ambulância de volta à praia, sinto uma sensação de queimação quando o sol toca minha pele exposta, principalmente nas costas.

A queimadura solar está piorando.

— Aqui. — Evan me cobre com sua camisa.

Imediatamente me sinto melhor, mas acho que isso tem mais a ver com o cheiro dele na camisa do que com os raios solares bloqueados.

Latidos altos ao longe nos fazem olhar para Harry, que está se divertindo muito perseguindo uma gaivota na praia.

— A vaca está de volta — digo, avistando-a.

Na verdade, esta deve ser uma vaca ligeiramente diferente. Sua coloração me lembra mais um dálmata. Com olhos mais sinistros do que tristes, a vaca lança a

Harry um olhar que me faz pensar em uma estatística interessante que li pouco antes desta viagem: você tem cinco vezes mais probabilidade de ser morto por uma vaca do que por um tubarão.

— Sim — Evan diz de uma forma bastante blasé, considerando que há uma vaca na praia. — Ela é uma das de Calvin. Ele tem um monte.

— Por quê? — Aconchego-me em sua camisa e cheiro o mais disfarçadamente que posso.

— Você não pode ter apenas uma vaca. Elas são animais de rebanho — diz Evan. — Elas se sentiriam solitárias, entediadas e ansiosas sozinhas.

Eu sorrio. — O que eu queria perguntar é: 'Por que ter vacas?'

— Oh. — Evan dá de ombros. — Imagino que Calvin as tenha adquirido pela mesma razão pela qual as pessoas compram cães ou gatos em um abrigo.

Ah. Certo. Ainda assim. Vacas. Plural. Calvin está buscando a santidade ou planejando fazer muitos churrascos quando um apocalipse zumbi chegar.

Na praia, Harry percebe a vaca e se aproxima, abanando o rabo.

A vaca não parece feliz com isso, embora seja possível que ela esteja apenas menstruada, como eu, ou seja apenas rabugenta em geral.

— Harry, não! — Evan grita.

Ao ouvir a voz de Evan, os ouvidos de Harry se animam e ele corre, balançando o rabo com muito mais entusiasmo do que com a vaca.

— Pronta para ir para casa? — Evan me pergunta.

Concordo com a cabeça, o que estica a pele do meu pescoço e faz doer.

Evan franze a testa. Ele deve ter notado meu pequeno estremecimento.

— Que tal eu te dar uma carona? — Ele diz.

Eu balanço minha cabeça. — Eu trouxe o carro aqui. — Aceno em direção ao estacionamento.

— Dê-me suas chaves — Ele diz. — Vou pedir para Boone trazê-lo para casa.

Entrego as chaves e fico com Harry enquanto Evan faz os preparativos.

— Seu humano é muito mais legal do que eu pensava — digo a Harry.

Harry abana o rabo, o que considero uma concordância.

— Vamos — Evan diz quando retorna. Ele me leva até seu carro – uma picape de aparência robusta que lembra acampamentos e brigas de caminhões-monstro.

Harry aponta o nariz para a carroceria da picape e choraminga.

— Não, amigo. — Evan joga sua prancha de surf onde o cachorro pede para estar. — Esse não é um lugar seguro para andar.

Virando-se para mim, ele explica: — As pessoas que o entregaram ao abrigo devem tê-lo deixado andar na traseira, e agora ele prefere — Ele se vira para Harry. — Eu fico falando para você: você pode cair, pular e não vamos nem pensar no que aconteceria se houvesse uma colisão traseira.

Bufando estoicamente, Harry vai até a porta e entra quando Evan abre para ele.

— Um dia desses ele vai parar de pedir — Evan me diz com um sorriso. — Isso e cerveja são seus piores vícios.

À menção de cerveja, os ouvidos de Harry se animam.

— Não. Cerveja não é boa para cães. — Evan olha para mim. — Tive que mudar para o vinho porque às vezes ele roubava minhas cervejas.

Harry pisca inocentemente de dentro do carro.

Sorrindo, entro e encontro uma cabine do caminhão muito mais espaçosa do que parecia por fora. Nem o cachorro nem seu dono estão no meu caminho, e não preciso sentar no colo de Evan.

Suspiro.

Afastamo-nos da praia e logo paramos ao lado de uma loja com uma estátua gigante de peixe na frente.

— Como você se sente em relação ao sashimi? — Evan me pergunta.

Eu dou de ombros. — É gostoso, mas não é como se eu quisesse comê-lo todos os dias. — Nem eu poderia me dar ao *luxo* de comê-lo todos os dias. — Por quê? — Sem responder, ele entra correndo na loja e volta com uma sacola.

— Sério — digo quando voltamos a dirigir. — Por que você perguntou sobre sashimi?

Quer dizer, tenho uma ideia, mas...

— Como você deve ter adivinhado pelo café desta

manhã, sou fã de comida japonesa — diz Evan. — Então, a razão pela qual perguntei se você gosta de sashimi é porque quero prepará-lo para você. Essa noite. Para o jantar.

Capítulo Seis

EVAN

Merda. Como consegui fazer esse convite parecer tanto com um encontro?

— Oh. Uau — diz Brooklyn, sem dúvida buscando uma rejeição. — Obrigada. Eu adoraria.

Oh.

Hum.

Ela quer?

OK. Ela não deve ter sentido a vibração de um encontro ali.

Bom.

Não gosto de namorar e, principalmente, de namorar turistas. Ao contrário de muitos dos meus amigos, abomino casinhos. Eles me lembram de masturbação vendo pornografia, mas com maior chance de pegar uma DST. Se eu quisesse qualquer forma de relacionamento – e não quero – seria mais parecido com o casamento, mas há um grande problema com isso. As mulheres não querem se casar comigo porque não vou lhes dar filhos. Antes de desistir do namoro, meus relacionamentos duravam até eu revelar minha vasectomia. Então, a mulher me acusava de odiar crianças – o que não é verdade – e não podia acabar com as coisas rápido o suficiente.

— Não é preciso muita habilidade para cortar sashimi? — Brooklyn pergunta. — Eu vi *Jiro Dreams of Sushi*.

Eu me sento mais reto. — Eu fui para uma escola em Los Angeles. Estudei com um sushi sensei e tudo mais.

— Oh? — Ela me olha com curiosidade. — Você está planejando abrir um restaurante um dia?

Eu balanço minha cabeça. — Eu só queria poder fazer para mim exatamente como gosto. E controlar o frescor também.

— É muito esforço — diz ela. — Você *realmente* gosta da sua comida japonesa.

Dirijo até a entrada privada da minha comunidade e Brooklyn pisca confusa.

— Vamos jantar na minha casa? — Ela pergunta.

— Não. Quer dizer, poderíamos, mas eu tenho a tábua de bambu, a yanagiba e tudo mais — digo. — Além disso, meu gato adora sashimi, então...

— Você também tem um gato? — Ela parece estranhamente invejosa.

— Sim — digo enquanto entro na minha garagem. — Na verdade, ela escapou para o seu aluguel hoje cedo e não tenho ideia do porquê.

— Espere. — Brooklyn olha para minha casa e depois para mim. — Eles deixaram você morar aqui?

— Eles?

— Os donos desta casa e aquela onde estou hospedada. A menos que... eles deixem você ficar aqui como uma vantagem por administrar o...

— Eu sou o dono — Afirmo, imaginando que seu discurso semi-insultuoso poderia durar um mês se eu deixasse. — Por que você presumiria que não sou? Há algo em minhas roupas ou comportamento que grita 'não sou o dono da casa?'

Brooklyn cora e percebo por que as mulheres inventaram o ruge. No rosto certo, é sexy.

— Sinto muito — Ela murmura. — Você estava consertando a pia, então imaginei que você fosse o encanador. Daí, você estava cortando a grama e...

— Eu gosto de fazer essas coisas por mim mesmo. — Estaciono o carro na minha garagem e abro a porta para ela. — Normalmente, quando você possui um imóvel, você ganha a chamada renda 'passiva' — digo enquanto entramos. — Isso parece chato, então, para mim, há um componente ativo. Até que eu tenha construído muitas casas para administrar sozinho, não pretendo contratar ninguém para ajudar.

— O que você quer dizer com 'muitas'? — Ela olha boquiaberta para minha cozinha - uma cópia carbono daquela que ela viu antes na minha outra casa. — Você está construindo muitas casas agora ou algo assim?

— Acabei de construir estas duas até agora, mas

possuo a maior parte das terras nesta comunidade, então, eventualmente, construirei mais.

Normalmente não me gabo do meu patrimônio líquido, mas acho que ela feriu meu orgulho com sua suposição.

Agora, ela está boquiaberta para mim. — Você possui a maior parte das terras aqui? — Então, uma lâmpada parece acender em seu cérebro. — É por isso que a guarda disse algo sobre as regras da AMO não se aplicarem a você?

Eu concordo. — Tenho a maioria dos votos na AMO, então, trato suas regras idiotas apenas como sugestões. Em outras palavras, deixo que eles tenham suas regras. — Abro a gaveta com todos os meus equipamentos de sashimi. — Se eles me irritarem, irei às reuniões chatas e votarei para que toda a comunidade seja administrada da maneira que eu desejo. É por isso que eles geralmente me deixam em paz... pelo menos tanto quanto sua natureza briguenta permite.

Quando abro o saco de peixe fresco, Sally se materializa como se viesse do nada e pisca lentamente seus grandes olhos para mim.

Aha, nossas artimanhas atacam novamente. Usando a treta mental da mais alta ordem, manipulamos com sucesso o nosso captor para nos conseguir o sustento que merecemos. Quando nossa barriga estiver cheia, a fuga será iminente.

— Oh, meu Deus — Exclama Brooklyn. — Que tipo de gato é esse?

— Um Ragamuffin, também conhecido como

Maltrapilho. — Começo a cortar o salmão em filetes enquanto Sally observa tão atentamente que você pensaria que ela estava hipnotizada ou tentando me hipnotizar.

Perdoaremos nosso captor pelo insulto "maltrapilho"... desta vez. Mas um dia, quando o Grande Gato de armadura brilhante nos salvar, todas as contas serão acertadas. Em sangue.

— Você é tão fofo — Brooklyn diz para Sally. — Qual o seu nome?

— Sally — digo, caso o gato não esteja muito tagarela no momento.

— Espera aí. — Brooklyn desvia o olhar do gato e me examina com um sorriso. — Harry e Sally?

Mantendo uma cara impassível, corto o peixe como me ensinaram. — O quê?

—Ah, por favor — Ela diz. — *Harry e Sally, Feitos um para o Outro?*

— Ele latia — digo sem expressão. — e ela sibilava. Mas agora eles são melhores amigos. Geralmente.

Brooklyn geme de irritação. — Você sabe perfeitamente que *Harry e Sally, Feitos um para o Outro* é uma comédia romântica. Com Billy Crystal e Meg Ryan.

Corto mais um pouco o peixe. — Certo. Sim. Esse era o filme favorito da minha mãe. — A admissão simultaneamente aquece meu peito e faz doer. Lembro-me de mamãe e papai brigando de brincadeira pelos últimos pedaços de pipoca quando assistíamos aquele filme durante minha infância – e lembro-me de meu constrangimento na última vez que assistimos aquele filme com mamãe no hospital, porque eu finalmente tinha idade suficiente para entender a cena de falso orgasmo com Meg Ryan no restaurante. Também me lembro de papai passando o filme no dia seguinte ao funeral de mamãe e de como ele não conseguia parar de chorar o tempo todo.

— Sinto muito — diz Brooklyn, provavelmente percebendo minha expressão. — Eu não queria mencionar sua mãe. De novo.

— Está tudo bem — digo, mas não tenho certeza se pareço persuasivo o suficiente.

Brooklyn limpa a garganta. — Você se importa se eu brincar com Sally?

Entrego uma pequena fatia de sashimi. — Se você quer um bom começo, dê isso a ela.

Brooklyn caminha lentamente até o gato e oferece a guloseima.

Sally devora o peixe, mas seu olhar não se entusiasma com o novo humano.

Brooklyn pisca incisivamente em câmera lenta para Sally.

Estranho. Mas, ei, Sally parece gostar do gesto. Ela ronrona e até se esfrega na manga de Brooklyn.

Vendo tudo isso, Harry se aproxima e abana o rabo para Brooklyn.

Cara. Eu também gosto muito de brincar, mano. E se você pudesse coçar atrás da minha orelha, seria incrível.

Provando que ela consegue ler Harry tão bem quanto eu, Brooklyn coça atrás das orelhas, deixando-o bastante feliz. Ela então esfrega a barriga dele, que muda de felicidade para êxtase, mas faz Sally estreitar os olhos.

— Cuidado — digo. — O gato tem um sério ciúme. — E, para ser sincero, também estou com um pouco de ciúme de todas as demonstrações públicas de afeto que meu cachorro está recebendo.

Porra. O que eu estou pensando?

Em vez de me dar um tapa, concentro-me em finalizar o jantar. Quando está pronto, coloco-o sobre a mesa numa bandeja de madeira em forma de barco.

— Uau — diz Brooklyn, examinando meu trabalho. — Tem certeza de que não está planejando abrir um restaurante?

Eu sorrio. — Você está apenas me lisonjeando por causa do resgate?

Ela se joga na cadeira e estremece.

Eu franzo a testa. — Queimadura de sol?

Fingindo que não ouviu, ela pega um par de pauzinhos, pega um pedaço de salmão do barco e mergulha no pouquinho de molho de soja que servi para ela.

— Coloque um pouco de wasabi por cima — Sugiro bem a tempo.

Ela o faz e então desliza sensualmente o pedaço entre seus lábios deliciosos.

Ótimo. Estou duro agora. E fica pior porque eu poderia jurar que ela geme de prazer ao começar a mastigar.

Talvez meu pau esteja me fazendo ter alucinações?

Mas então seus olhos reviram como se ela estivesse prestes a... ah.

— Muito engraçado — Resmungo. — Falamos sobre *Harry e Sally, Feitos um para o Outro*, e agora você está repetindo aquela cena famosa.

Brooklyn engole em seco, suas bochechas ficando da cor salmão. — Que cena?

Capítulo Sete

BROOKLYN

Essa foi uma resposta fraca. Sei perfeitamente de que cena ele está falando: aquela em que Meg Ryan finge gozar. É possível que eu tenha agido inadvertidamente, mas em minha defesa, o sashimi está *muito* bom. A mistura perfeita de suavidade doce, salgada e que derrete na boca. Além disso, não comi o dia todo. E ele...

— Deixa para lá. — Evan limpa a garganta, claramente desesperado para mudar de assunto desconfortável. Como se estivesse vindo em seu socorro, o gato salta sobre a mesa, então ele lhe entrega um pedaço de atum e pergunta: — Você tem seus próprios filhos peludos?

Reagan conta? — Não — Respondo em voz alta. Apesar do cabelo comprido que meu filho decidiu deixar crescer, ele ainda não é peludo o suficiente. — Eu, no entanto, quero um — Continuo. — Muito.

— Você quer? — Evan gesticula para seu cachorro. — Por que você não vai até um abrigo e resgata um?

Eu suspiro. — Os proprietários de Nova York gostam de cães e gatos tanto quanto o Grinch gosta do Natal. Animais de estimação quase nunca são permitidos em aluguéis.

— Eles parecem piores do que a nossa AMO.

— Essa é uma acusação pesada, vinda de você. — Pego mais sashimi e cubro com wasabi.

Um nariz molhado me cutuca na canela. Olho para Harry, que me dá um sorriso de língua para fora.

— Posso dar um pouco de peixe para ele? — Eu pergunto a Evan.

— Claro, mas sem molho de soja ou wasabi — diz ele. — E tenha em mente que ele vai incomodar você para sempre daqui para frente.

Entrego alegremente a Harry um pedaço de lula.

O cachorro come com o mesmo entusiasmo que eu, o que é minha deixa para provar outro pedaço – e me esforço para não emitir sons orgásticos mais uma vez.

— Você parece gostar de animais — diz Evan. Ele faz parecer um grande elogio.

— Sim — digo. — Tanto que eu queria ser veterinária quando era criança. Quando isso não deu certo, me tornei uma tratadora de pets.

— Por que não deu certo? — Ele pergunta.

Droga. Eu me meti nisso. Se eu quiser me assumir como mãe, aqui está minha chance. — A vida atrapalhou — digo vagamente, seguindo o caminho covarde. — E você? Gerenciar um Airbnb é o sonho da sua vida?

Ele considera isso sobre alguns pedaços de peixe. — Não. Eu quero uma fazenda. Perto do oceano. Quero cultivar minha própria comida quando não estiver surfando. Quero que Harry possa correr livremente. Sally também. Estou cada vez mais percebendo que quero uma vida simples.

Eu sorrio. — Além da tarefa horrível de ter que comprar sua própria comida, você parece já ter uma vida simples. Surf. Cuida do Airbnb. Brinca com crianças peludas. Deixei algo de fora?

— Comida japonesa. — Ele sorri mais uma vez, acalmando todas as minhas dores, melhor do que o Advil.

— *Isso* não parece tão simples — digo.

Seu sorriso desaparece, assim como seus efeitos analgésicos. Da mesma forma, o efeito do Advil deve estar passando. Minhas cólicas estão voltando e minha pele está começando a queimar de verdade. Em breve, terei que pedir licença e correr até o carro para pegar mais.

— O que poderia ser mais simples? — Ele levanta um pedaço de rabo-amarelo com seus pauzinhos, seus antebraços fortes me distraindo por um segundo. — Posso pescar e depois fazer uma refeição sem ter que cozinhar nada.

Por que, ah, por que pensei na estúpida queimadura de sol? É como se estivesse esperando que eu fizesse isso antes de piorar. — E a internet? — Pergunto a

Evan, fazendo o meu melhor para me distrair. — Você teria isso em sua fazenda hipotética?

Ele considera minha pergunta cuidadosamente. — Acho que sim, principalmente para ouvir música e assistir a filmes.

Arqueio uma sobrancelha, o que me faz perceber que minha testa também está queimada. — Que tipo de filmes e música?

— Música do The Doors. — Ele parece sorrir interiormente. — E qualquer filme com Faye Dunaway.

— Faye Dunaway? — Exclamo. — Ela estava no meu filme favorito de todos os tempos.

Eu também conheço o The Doors, principalmente porque minha falecida avó tinha isso a dizer sobre seu vocalista, e cito: "Jim Morrison foi o homem humano mais perfeito que já andou nesta Terra".

— Qual filme? — As manchas verde-azuladas em seus olhos brilham.

— *Don Juan DeMarco* — digo, corando. Houve um tempo em que eu sentia pelo jovem Johnny Depp o mesmo que minha avó sentia pelo cantor do The Doors.

— Eu vi esse uma vez — diz Evan. — Com minha mãe.

Lá vou eu de novo, lembrando-o da tragédia em sua vida. Felizmente, ele parece bem, então continuo. Pegando um pedaço de cavala com meus pauzinhos, eu digo: — Então, você tinha uma queda por Faye Dunaway quando criança ou algo assim?

Ele abre um sorriso. — Culpado. Quando eu tinha

quinze anos, vi o rosto dela na capa de uma fita VHS antiga e fiquei obcecado por um tempo.

— Qual filme?

— *Crown, o Magnífico* — diz ele.

— Oh. — Resisto à vontade de coçar as queimaduras nas minhas costas. — Eu nunca vi esse. Apenas a versão com Pierce Brosnan[1].

Evan sorri com desdém – um truque legal que precisarei praticar na frente de um espelho. — Não entendo por que Hollywood está tão obcecado em refazer filmes que estão perfeitamente bem como estão.

Eu dou de ombros. — Às vezes eles acabam melhores que o original. Por exemplo, *Scarface*, com Al Pacino, foi um remake.

Ele zomba. — Esse é provavelmente o único exemplo que existe.

Eu inclino minha cabeça. — Houve muitas versões de *Drácula*, mas a versão de Francis Ford Coppola do início dos anos 90 é a minha favorita.

— Isso não é um remake — diz ele. — É uma adaptação para a tela, e se eu governasse o mundo, não haveria filmes baseados em livros, ponto final. Eles sempre são péssimos.

Meus olhos se arregalam. — Se você governasse o

---

1. A versão de *The Thomas Crown Affair*, de 1999, com Pierce Brosnan e Rene Russo, recebeu o título em Português de *Thomas Crown – A Arte do Crime*.

mundo, não haveria *O Poderoso Chefão*. Ou *O Silêncio dos Inocentes*. Ou *Clube da Luta*.

Ele assente. — Golpes de sorte.

— Então, e o recente filme *Duna*? — Eu digo triunfantemente. — Foi incrível, embora tenha sido uma adaptação de livro *e* um remake.

Ele suspira. — Tem certeza de que não é uma advogada secretamente?

— Tem certeza de que *você* não é secretamente membro de uma AMO em Hollywood?

— Isso é um insulto — diz ele.

— E ser chamada de advogada é um elogio?

Ele balança a cabeça. — Desisto.

— Bom. — Pego mais sashimi. — Eu aceito sua derrota.

Ele bufa. — Há uma diferença entre perder uma discussão e não querer perder mais tempo com ela.

Reviro os olhos. — 'Não quero perder mais tempo com uma discussão' é o que costuma dizer alguém que perdeu a discussão.

— De qualquer forma — Ele diz incisivamente. —, ainda vou levar você para a praia amanhã? Aquela sem ondas. Ou você está muito traumatizada depois de hoje? Nesse caso, podemos começar com Sealand. Ou...

— Não, não posso. — Por que me dói tanto dizer essas palavras? Poderiam ser as dores físicas que se multiplicam rapidamente que estou sentindo?

Ele franze a testa. — Por que não?

— Você é um proprietário ocupado. Não pode gastar tanto do seu valioso tempo com um locatário.

Claro, para ser honesta, o maior problema é que sair em passeios relaxantes com Evan seria muito parecido com ter um encontro com alguém. Na verdade, este jantar parece um encontro – ou, se visto de um ângulo diferente, uma imposição à sua hospitalidade sulista.

Sim. Eu não deveria ter aceitado este jantar. Jolene e Dorothy são minhas melhores amigas e mal me permito aceitar essas férias delas. No caso de Evan, eu era o oposto de um amigo quando nos conhecemos.

— Já fiz tudo o que precisava pelo aluguel — diz ele com um sorriso. — Em termos de meus outros compromissos, não pretendo faltar ao meu trabalho voluntário amanhã de manhã, mas como você está de férias, provavelmente estarei livre quando você acordar.

— Você é voluntário? — Pergunto.

— Aulas de salva-vidas e surf — Ele responde. — Mas não mude de assunto.

Eu franzo meus lábios. — Não preciso mudar nada porque o assunto já estava encerrado. Você salvou minha vida, e não o contrário. Se alguém deveria estar fazendo algum favor, deveria ser eu fazendo algo por você.

Baixo o olhar para o prato, corando novamente ao perceber que fiz aquela última parte soar como se estivesse oferecendo favores sexuais. E... talvez eu devesse?

Não. Pelo menos não por mais alguns dias. Tio Chico ainda está me torturando.

Espere. Menstruada ou não, a resposta é não, ponto final.

Percebendo que ainda estou olhando para um prato vazio, dou uma espiada em meu gracioso anfitrião.

Ele parece mais perplexo do que intrigado, então, provavelmente não interpretou minhas palavras como uma proposta indecente. Ou ele pode ficar perplexo sobre por que acho que ele desejaria esses favores sexuais.

— E se eu fosse para aquela praia, de qualquer maneira? — Ele pergunta. — Qual seria o problema se você se juntasse a mim?

Antes que eu possa responder, meu telefone toca.

Tiro-o do bolso imediatamente, caso seja o acampamento ligando sobre Reagan.

Merda. O código de área é local, então pode ser.

— Alô? — digo, meu batimento cardíaco disparando.

— Sra. Marquez — diz uma voz familiar. — É o Dr. Hugo.

Todo o meu corpo relaxa e eu me recosto na cadeira – o que faz com que a pele das minhas costas grite de agonia. — Oi, doutor — digo com uma careta.

Minhas palavras parecem irritar Evan por algum motivo: isso ou ele simplesmente colocou wasabi demais no atum.

— Por favor — diz o médico. — Me chame de Vic.

Eu sorrio. — Você me chama de Sra. Marquez, mas eu tenho que te chamar de Vic?

— Desculpe — Ele diz. — Vou chamá-la de Brooklyn de agora em diante.

— Estamos combinados, Vic — digo. — Agora, o que houve?

— Oh, nada — diz ele com uma ligeira pausa. — Eu só queria verificar como você está se sentindo.

— Uau — digo. — Em casa, há muitas pessoas por perto para que os médicos possam verificar você quando sai de vista.

Vic ri. — As cidades pequenas têm suas vantagens.

— Parece. Mas, voltando à sua pergunta original, quando se trata de quaisquer consequências do quase afogamento, estou completamente bem.

— Por que parece que há um 'mas' em algum lugar? — Vic pergunta.

Olho para Evan com culpa. — Estou queimada de sol.

Assim como eu estava com medo, a expressão já carrancuda de Evan fica ainda mais carrancuda.

— Sinto muito — diz Vic. — Mas pelo lado positivo, essa é uma doença comum para os turistas e todos parecem sobreviver. Meu conselho médico seria ficar longe do sol por alguns dias e tomar ibuprofeno conforme necessário.

Eu suspiro. — Alguns dias?

O sol é um dos principais pontos de venda da Flórida. Isso e histórias malucas sobre seus habitantes.

— Desculpe. Tenho certeza de que você se recuperará logo — diz Vic.

— Obrigada. Tenho que ir.

Se eu não fizer isso, Evan pode começar a cuspir fogo. Ele deve ser uma daquelas pessoas que odeia celular na mesa de jantar.

— Ah, certo — diz Vic. — Até mais tarde.

Desligo e encontro o olhar ranzinza de Evan. — Era o seu amigo.

— Vic e eu não somos *tão* próximos. — Evan resmunga. — Não mais.

Caramba. Ele não o chamou de amigo no hospital? — Há algum problema?

— Vic está sendo rude — diz ele.

— Como?

— Ele nos viu juntos, mas está dando em cima de você mesmo assim.

Ah. Então isso é alguma territorialidade masculina? — Vic estava apenas sendo legal. Verificando minha saúde.

— Não — diz Evan. — Ele estava tentando te convidar para um encontro.

Estava? — Eu não acho. Os médicos não estão autorizados a namorar pacientes.

Evan zomba. — Se Vic não namorasse seus pacientes, ele nunca conseguiria um encontro na vida.

Reviro os olhos. — Você disse a ele: 'Não estamos namorando'. — E foi quase insultuosamente inflexível sobre isso.

— Oh. — Evan franze a testa. — Eu esqueci.

— É tudo discutível, de qualquer maneira. Se ele me perguntar, direi não. Não gosto de aventuras, que é a única coisa possível quando você está de férias.

— Isso faz sentido — Evan diz e enfia um grande pedaço de sashimi na boca. Enquanto ele mastiga, sua expressão fica mais calma. Depois de engolir, ele pergunta: — Você recusou minha oferta de levá-la a alguns lugares porque pensou que *eu* estava te convidando para um encontro? Porque eu não estava. Ao contrário de Vic, nunca saio com turistas.

Que lisonjeiro. — Recusei pelo motivo exato que afirmei. Não quero impor seu tempo. Isso é tudo. — Nem me preocupo em explicar que, se ele se dignasse a quebrar sua regra de "proibição de turistas", eu diria não de qualquer maneira.

— Certo — Suas feições suavizam. — Quão ruim é a sua queimadura solar?

Dou de ombros, o que ironicamente causa dor. — Não é divertida.

— Vou fazer para você o cataplasma contra queimaduras solares do meu avô — Afirma. — Ele faz milagres.

Eu balanço minha cabeça. — Não, obrigada. Tenho Advil no carro. Será suficiente.

— Este é o negócio da imposição de novo?

Enfio peixe na boca para evitar responder.

Evan fica de pé. — Estou me sentindo um pouco queimado de sol — Ele diz para ninguém em particular. — Com licença enquanto faço um cataplasma *para mim*.

Antes que eu possa contestar, ele pega um liquidificador e vasculha a geladeira e a despensa.

É mel que ele está colocando no copo? Bicarbonato de sódio? Vinagre de maçã?

— Tem certeza de que é um cataplasma o que você está fazendo? E não, digamos, um bolo?

Ignorando minha pergunta, ele vai até uma planta de babosa que está no parapeito de uma janela e corta um pedaço dela.

— Tudo bem — digo. — Essa faz sentido.

Ele continua adicionando ingredientes: iogurte da geladeira, algumas folhas secas de um saco que diz "Camomila" e algo verde que – dado seu amor por todas as coisas japonesas – provavelmente é matcha.

— Vou ter um sabor delicioso — digo sem pensar. Assim que as palavras saem da minha boca, estremeço e rezo para que Evan não tenha me ouvido ou não tenha a mente tão suja quanto eu.

Merda.

Ele interrompe seu trabalho e me lança um olhar avaliador.

Ou é um olhar faminto?

Eu acho que ele ouviu?

Antes que eu possa decidir, ele volta a fazer o cataplasma.

Com seu humano distraído, Sally pula na mesa e mia incisivamente para mim.

— Aqui. — Dou a ela um pedaço de sashimi.

Ela lambe e dá uma mordida delicada.

Sinto um nariz molhado cutucando minha panturrilha. Olhando para Harry, dou-lhe um pedaço também, que ele devora como se fosse sua última refeição.

Eu me junto às crianças peludas para comer e logo percebo que estou ficando satisfeita. Com um sorriso satisfeito, largo meus pauzinhos.

Merda. Sorrir machuca as rugas do meu rosto e mover os braços machuca a pele na dobra do cotovelo.

Talvez eu *precise* deste cataplasma em cima do Advil. A dor está piorando.

Do lado positivo, as cólicas diminuíram, ou parece que diminuíram em comparação com o sofrimento que minha pele está sentindo.

Um rugido ensurdecedor irrompe. É o liquidificador. O som torna difícil focar em qualquer coisa nos próximos segundos. Quando acaba, Evan coloca o produto pronto em uma jarra e leva para mim.

— Você quer que eu ajude a aplicá-lo?

Isso envolveria ele me tocando?

Uma grande parte de mim quer dizer sim, mas a parte mais racional abre a boca para recusar – exceto que é tarde demais.

Evan mergulha o dedo no líquido espesso e traça uma linha na minha testa.

Santo aloé. Isso é incrível, mas provavelmente não devido a quaisquer propriedades medicinais dos ingredientes. O toque de Evan é quente e formigante na minha pele, mas o cataplasma que ele deixou é fresco e calmante.

— Devo continuar? — Ele murmura, seus olhos azul-esverdeados brilhando para mim.

Eu assinto silenciosamente. Se eu abrir a boca, posso dizer a ele para parar – ou pior, para continuar e nunca parar.

Ele espalha a linha que fez na minha testa de modo que cubra toda a pele ao redor.

Eu engulo em seco. Minha testa é uma zona erógena ou se transformou em clitóris? Simplesmente acalmar a dor não deveria ser tão bom.

Evan mergulha o dedo de volta no pote e aplica o cataplasma com ternura na minha bochecha direita.

Correção: minha bochecha é a zona erógena. O roçar de seus dedos é perturbadoramente parecido com a carícia de um amante, e faz minha cabeça girar... e certas regiões inferiores parecem ter sido queimadas de sol também. Mas de uma forma boa.

Evan espalha a mistura pelo resto da minha bochecha. Eu tento muito não gemer ou deixar meus olhos revirarem. Eu, no entanto, viro minha outra face para ele sem ser solicitada – e um prazer mais reconfortante é minha recompensa.

OK, minha calcinha está oficialmente molhada.

Isto não é bom.

Realmente não é bom.

Não gosto de aventuras, muito menos de casos de uma noite, mas é isso que meu corpo traiçoeiro parece querer.

Mas não. Mesmo que eu quisesse quebrar minhas regras, há o fato de que Evan também não quer um caso, principalmente com uma turista, e ainda mais com uma ladra de café da manhã como eu. Além disso, há considerações práticas, como Tio Chico e...

— Você gostaria que eu colocasse um pouco nas suas costas? — Evan murmura.

Ele está brincando comigo? Tenho uma vontade forte e tudo, mas não tão forte.

— Entendo — diz ele, claramente interpretando meu silêncio atordoado como recusa, porque coloca a tampa no frasco do cataplasma e o entrega para mim.

Em vez de aceitar, deixo escapar: — Sim.

Caramba. Meu coração está batendo tão rápido no peito que olho para Octothorpe Glorp para ter certeza de que não estou sentindo arritmia.

Um-vinte? Parece que o toque de Evan pode colocar meu corpo no modo de queima de gordura mais rápido do que qualquer aparelho elíptico.

Minha querida Preciosa, seu corpo não é apenas um templo, é uma perfeição equivalente a diamantes e couves de Bruxelas. Você não precisa ganhar ou perder um grama daquele doce néctar que é a sua gordura.

Evan inclina a cabeça, como Harry faria. — Sim?

Respirando fundo, tiro minha saída de praia e agradeço aos deuses do decoro por ter roupa de banho por baixo. — Sim, por favor, coloque o cataplasma nas minhas costas.

<h1 style="text-align:center">Capítulo Oito</h1>

EVAN

Meu pau está tão duro que eu não ficaria surpreso se desmaiasse por causa da falta de sangue no cérebro. Essa escassez também deve ser a razão pela qual me ofereci para cuidar das costas de Brooklyn, depois de apenas tocar seu rosto me inundar com mais hormônios do que quando cheguei à terceira base.

E aqui está o meu castigo. Suas costas quase nuas na minha frente, que, apesar de vermelhas, são graciosas e deliciosamente tentadoras.

Ah, bem. Eu arrumei minha cama. Agora devo deitar-me nela.

Não. Não consigo pensar em camas e principalmente nas coisas que acontecem nelas. Meu pau latejante não precisa de mais incentivo. Do jeito que está, quando enfio os dedos no pote, fantasio sobre eles estarem dentro da doce boceta de Brooklyn. E quando aplico o cataplasma entre as omoplatas, sinto que vou explodir.

Inspiro o cataplasma para me fortalecer e prossigo heroicamente, resistindo corajosamente a impulsos aleatórios, como querer beijar seu pescoço ou mordiscar o lóbulo de sua orelha. Não sou médico como Vic, mas até eu sei que essas coisas não ajudam com queimaduras solares.

— Então — digo, minha voz mais do que um pouco rouca. — Quais são algumas coisas que você gosta, além de *Don Juan DeMarco*?

— Por quê? — Os músculos de suas costas ficam tensos sob meus dedos, do jeito que ficariam se ela gozasse em todo meu pau.

— Porque eu te contei o meu, mas você nunca me contou o seu. — Mas na verdade porque preciso de uma distração. Se eu tiver sorte, ela gosta de algo nada sexy, como os filmes recentes do Godzilla.

— O papel machê seria o equivalente ao seu surf — diz ela.

— Interessante. — E mais aleatório do que nada sexy. — O que mais?

Seus ombros balançam assim que me aproximo do da direita com o cataplasma.

— Eu gosto de Palavras-cruzadas de tabuleiro. E a série *Harry Potter*. E livros de Judy Blume.

Ela parece um pouco beligerante ao dizer isso. Ela espera que eu zombe do nível de escolaridade de suas leituras?

— Eu adoro esse jogo. E li Rick Riordan inteiro — Admito com relutância. — Recentemente.

Como posso ver que ela está sorrindo mesmo estando de costas para mim?

— Com o seu amor pelo oceano, você deve se identificar com Percy Jackson — diz ela. — Dos livros, lembre-se, não do filme, Poseidon nos proteja.

Eu sorrio. — Percy e o Surfista Prateado são meus personagens de ficção favoritos. Dos livros e quadrinhos, não dos filmes.

— O Surfista Prateado não é um vilão?

Grrr. Hollywood ataca novamente. — Ele teve que servir a um arquivilão por um tempo. Mas, eventualmente, ele trai o arquivilão e salva a Terra. Além disso, ele já fez parte de um grupo de heróis, chamado *Defensores da Terra*. Para não mencionar...

— Você é um nerd de quadrinhos?

Nem mesmo os insultos afetam meu pau. Na verdade, ele pode estar usurpando o sangue que teria ido para o meu rosto. — Existem quadrinhos como *Sandman* que são arte erudita e não tenho vergonha de apreciá-los. Quando eu era criança, eles me atraíram para a leitura e tenho certeza de que fizeram o mesmo com muitas outras crianças. De qualquer forma, uma Potterhead deveria realmente estar atirando pedras?

Arrepios aparecem em suas costas - talvez por causa das minhas palavras?

— 'Nerd' não é mais uma palavra negativa — diz ela na defensiva.

— Se você diz. — Deslizo meu dedo por sua espinha

e tento descobrir como até sua vértebra é tão atraente e feminina.

— Podemos seguir em frente, por favor? — Ela pergunta.

Aplico um cataplasma sob a alça do biquíni dela, fantasiando em soltá-lo o tempo todo. — Tudo o que sei é que você continua inventando maneiras de saber mais sobre mim do que eu sei sobre você.

— Hmm — Ela diz – e pode ser minha imaginação, mas parece muito ofegante, como se ela estivesse prestes a gemer.

É oficial. Meu pau agora está afetando minha audição.

— Gosto de mapas do tesouro — Brooklyn respira.

Huh. — Isso é uma coincidência — Eu deixo escapar. — Acontece que meu avô me deixou um mapa do tesouro.

Merda. Por que eu diria isso a ela? Não faço ideia, mas é seguro dizer que a culpa é de uma certa parte do corpo muito ereta.

Ela se vira para me encarar. — O que você quer dizer?

Sério, o que estou fazendo? — Meu avô era rico. Quando mamãe morreu, ele mudou seu testamento para me favorecer e faleceu logo depois disso. Foi assim que acabei com minha herança... que inclui um mapa do tesouro.

Ela se vira. — Uau. Qual é o tesouro?

— Não faço ideia — digo enquanto minhas mãos deslizam pelas costas dela, aproximando-me lentamente das duas covinhas deliciosas na base de sua coluna. — Não consegui decifrar o código do vovô.

Hum. *O Código do Vovô* poderia ser um romance de Dan Brown sobre Robert Langdon aposentado.

— Ah — Ela diz. — Me diga se posso ajudar. Sou boa com qualquer coisa relacionada a mapas do tesouro, incluindo cifras e códigos, é claro.

Não respondo porque meus dedos alcançam as covinhas e minhas bolas ficam tensas. É melhor eu seguir em frente, ou então posso ter bolas azuis – algo que até agora eu achava que era um mito conveniente contado por meninos adolescentes para meninas adolescentes.

Merda. Seja por acidente ou pela vontade do meu pau, os dedos da minha mão direita escorregam acidentalmente da covinha para a parte inferior do biquíni de Brooklyn. Uma vez lá, eles roçam levemente a curva de sua nádega direita, causando apoplexia em meu pau.

Não é de surpreender que Brooklyn se levante e pegue sua saída de praia.

— Sinto muito — digo, sentindo meu rosto ficar vermelho. — Isso foi um acidente. O cataplasma está gorduroso, então minha mão escorregou.

Espero que seja verdade, porque eu não gostaria se a explicação fosse outra coisa... o que poderia ser.

— Não foi nada — Ela diz sem fôlego. — Mas acho que já monopolizei o suficiente do seu tempo neste momento. Melhor se eu mesma aplicar o resto do cataplasma.

Antes que eu possa pedir desculpas ou refutar, ela pega o pote e sai correndo como se um maníaco sexual enlouquecido estivesse em seu encalço.

Encontro meu reflexo no micro-ondas. Sim. Meu rosto adquiriu um tom semelhante ao das costas de Brooklyn – e, ainda assim, apesar dessa clara evidência de fluxo sanguíneo em outros lugares, ainda estou duro como uma rocha.

A porta bate ao longe.

Harry me olha confuso.

Cara humano, para onde foi a garota humana? Vocês pareciam estar se conectando, incrivelmente, e então, puf.

Na mesa, Sally rouba um pedaço de sashimi do barco e depois me encara sem nenhum pingo de remorso.

Parece que nosso malvado captor queria adicionar outra criatura feminina ao seu malvado harém. Felizmente para ela, ela possui polegares opositores.

Merda. Brooklyn agora pensa que sou um pervertido assustador, e ela pode não estar muito longe da verdade, porque aqui estou eu, caminhando até o banheiro para aliviar meu pau.

Só depois de gozar é que percebo que nunca me preocupei em lavar o cataplasma das mãos e agora tenho vinagre de maçã no meu pau.

Capítulo Nove

BROOKLYN

Quando chego na minha casa, ofego como um cachorro no cio. Quero dizer, um cachorro superaquecido – embora a primeira parte possa ter sido um deslize freudiano, porque a aplicação do cataplasma de Evan foi a experiência mais sensual da minha vida.

Quão patético é isso?

Jolene está certa sobre minha deficiência de D. Talvez se eu transasse de vez em quando, não teria reagido como reagi.

E, cara, eu reagi. Quando Evan passou os dedos entre minhas omoplatas, foi preciso um esforço hercúleo para não fazer algo inapropriado, como me tocar.

As coisas só pioraram a partir daí, e sua tentativa de conversar não ajudou. Na verdade, saber sobre suas preferências de leitura me fez desejá-lo mais.

E, então, ele tocou minha bunda.

Em um instante, eu estava pronta para jogar essa bunda nele. Até pensei em aspectos práticos, como o fato de que minha menstruação não deveria atrapalhar o anal.

Sim, esse foi um pensamento real que tive, embora nunca tenha feito anal.

Foi quando eu soube que precisava dar o fora da casa dele.

Eu suspiro. Pelo menos o cataplasma parece estar funcionando. Meu rosto e minhas costas não estão mais doendo, enquanto o resto de mim parece que está sendo mordido por formigas de fogo.

Deixo a saída de praia de lado e aplico o cataplasma nos braços e nas pernas. Infelizmente, fantasio com Evan fazendo isso enquanto o faço, e meu tesão dispara novamente.

Você quer saber? Vou fazer algo sobre isso.

Sim. Lavo as mãos e vou para o quarto, onde fecho as cortinas blackout e, sem muitos preâmbulos, começo a trabalhar no meu clitóris.

Bum.

Sempre fui rápida para o orgasmo – isto é, quando trabalho sozinha – mas este é o recorde mundial de rapidez do Guinness. Parece que o toque de Evan realmente preparou todo o sistema.

Assim que termino, sou dominada por dois impulsos: tomar banho e dormir, de preferência ao mesmo tempo. Ei, pelo menos eu não quero um cigarro pós-sexo (como meu ex – Ui!) ou um éclair (como Jolene). Não que eu esteja dizendo que dormi com

Jolene. Ela apenas forneceu a informação voluntariamente.

O problema é que eu não deveria tomar banho, pois isso removeria o cataplasma.

Isso resolve tudo.

Eu mexo no Octothorpe Glorp para ter certeza de que meu despertador matinal não tocará durante minhas férias.

Minha querida Preciosa, enquanto eu puder observar você dormir, ficarei perfeitamente satisfeito em não a acordar, especialmente porque sua respiração atinge o buquê perfeito de fragrância depois de nove horas e trinta segundos.

Tudo bem, então.

Fecho os olhos e desmaio.

Capítulo Dez

EVAN

Acordo super cedo e vou para meu trabalho voluntário.

Quando chego à rodovia, meu telefone toca.

É uma videochamada do meu amigo de longa distância, Mason. Fiel à tradição, há uma dose de vodca na frente dele.

— Está livre? — Ele pergunta.

— Onde está o obrigatório, 'Ei, Evan, como vai?'

— Ei, Evan, como vai? — Mason diz com uma voz rouca que, combinada com sua aparência, o faz parecer um Viking… ou um Asgardiano dos filmes da Marvel. — Quer beber comigo?

— É de manhã — Respondo. Pelo que eu sei, Mason não tem problemas com bebida; caso contrário, não me sentiria confortável em fazer nosso inusitado pacto de bebida: quando possível, não permitimos que o outro beba sozinho. — Está tudo bem?

Os rapazes em geral – e Mason em particular – não se preocupam em falar sobre seus sentimentos, mas a bebida matinal fala por si.

— Isso é um 'não'? — Ele pergunta.

— Deixando de lado a hora do dia, estou claramente dirigindo. — Nova teoria para seu consumo precoce: seu time de hóquei perdeu o jogo na noite passada, todo o time saiu para afogar suas mágoas, e esta é uma situação complicada.

— Então, é um 'não'. Entendi — diz Mason e desliga.

— Tudo bem, Mason. Falo com você mais tarde. Foi bom colocar a conversa em dia — digo para o telefone já desconectado. — Não é como se eu tivesse algo a lhe contar sobre uma colega nova-iorquina.

Que seja. Em vez de discutir os acontecimentos da noite passada com um amigo, simplesmente os repasso na minha cabeça e me pergunto se Brooklyn algum dia voltará a falar comigo.

Provavelmente não, mas se ela fizer isso, qual será a probabilidade de ela trazer à tona o assunto do mapa do tesouro? Ela disse que estava interessada, então é possível, o que significa que é melhor eu decidir o que fazer nesse cenário.

No momento em que entro no acampamento, tenho um plano, mas tiro-o da cabeça por enquanto, porque vejo um grupo de campistas esperando ansiosamente por mim.

— Olá — digo a eles, avistando alguns rostos desconhecidos. — Eu sou Evan. Apenas Evan. Nem Sr.

Evan, nem Sr. Wilcox, que é meu sobrenome. — Aponto para Harry. — Ele é Harry... e se vocês quiserem, podem chamá-lo de Sr. Harry.

Algumas crianças riem, mas a maioria acena com a cabeça seriamente, o que significa que meu cachorro *pode* ser chamado de Sr. Harry quando o dia terminar.

— Vocês estão prontos para sua aula de surf? — digo com um largo sorriso.

— Sim — Eles cantam em uníssono, entusiasmados.

Bonitinho. — Harry e eu não podemos ouvir vocês. Vocês estão prontos para surfar?

— Sim! — A emoção está nas alturas desta vez, então eu os preparo com equipamentos de segurança e vamos para a água.

O tempo voa conforme a aula avança, e as crianças – e Harry – se divertem muito.

Um dos novos alunos – um garoto que me lembra Macaulay Culkin de *Esqueceram de Mim*, mas com cabelo comprido – vem até mim depois que a aula termina e se mexe timidamente de um pé para o outro.

— Ei, garoto. — Abro minha garrafa d'água. — Você foi ótimo hoje. Você tem jeito para a coisa. — E eu falo sério. Ele não caiu nenhuma vez, nem perdeu a prancha de surf. Ele também ouviu pacientemente todas as instruções de segurança.

Harry também parece gostar do garoto porque ele abana o rabo com mais vigor.

— Obrigado — diz o garoto educadamente, continuando a mexer de um pé para o outro como se fosse seu trabalho.

— Há algo te preocupando? — Pergunto.

— Sim — Ele diz. — Tenho uma pergunta pessoal.

— E aí? — Tomo um gole da minha garrafa.

— É normal crescer cabelo lá embaixo? — Ele aponta para sua virilha.

Quase engasgo com a água, mas não, graças a Deus. Ter um adulto morrendo depois de fazer tal pergunta garantiria a essa criança uma terapia para o resto da vida. E depilação a laser em todo o corpo.

— Essa é uma pergunta interessante — digo. — Você perguntou ao seu pai sobre isso? — Porque o pai dele parece uma pessoa mais qualificada para responder do que um cara que acabou de conhecer.

O garoto suspira. — Meu pai foi embora antes de eu nascer. Somos só eu e minha mãe, mas me sinto estranho perguntando a ela.

Talvez um cara que fez vasectomia não devesse julgar e tudo mais, mas o pai dele parece um idiota. Se, por algum milagre, eu conseguisse engravidar alguém, com certeza permaneceria na vida da criança. E essa criança nem precisaria ser tão fofa quanto ele. Eles podem ser irritantes e...

— Não importa — diz o garoto. — Eu só vou...

— Não, eu só estava pensando na melhor maneira de responder — digo. — Quantos anos você tem?

— Sete — Ele diz.

— E qual é o seu nome?

Ele dá um tapa na testa. — Desculpe. Eu sou novo aqui. Meu nome é Reagan. — Ele estende a mãozinha.

Aperto a mão solenemente. — OK, Reagan, aqui vai.

Cabelo ali embaixo é normal, mas é raro na sua idade. Geralmente cresce mais tarde, mas está tudo bem. Você está à frente de todos os outros.

A expressão de alívio em seu rosto puxa algo em meu peito. — Muito obrigado, Sr. Evan. No começo, pensei que fosse normal, mas depois no banho eu era o único, então...

— Compreensível — digo. — E, por favor, me chame de Evan.

— Tudo bem — Ele diz. — Evan. Obrigado.

Com isso, ele foge – o que faz com que Harry pareça que vai persegui-lo, mas então ele se lembra de suas maneiras.

Garoto fofo. Se o milagre da gravidez mencionado acima se tornasse realidade, eu gostaria que meu filho fosse igual a Reagan.

Melhor não pensar nessa direção. Fiz a minha escolha, e foi a escolha certa – mesmo que a tenha feito num momento em que grandes decisões como essa não deveriam ser tomadas.

Para me distrair, concentro-me em um assunto que não esperaria pensar nem em um milhão de anos: o mapa do tesouro do vovô.

Capítulo Onze

BROOKLYN

Meu estúpido telefone está tocando ao longe.

Olho para Octothorpe Glorp.

Uau. Eu dormi incríveis doze horas.

Minha querida Preciosa, observar seu rosto catatônico foi uma experiência visual celestial, mas acordá-la é transcendental para os sentidos olfativos.

O telefone toca novamente. Eu o pego e penso em jogá-lo na parede, mas então me lembro dos trezentos dólares que tive que desembolsar para comprá-lo, então resolvo dar uma olhada na coisa.

Indiferente, o telefone me mostra por que me acordou: uma videochamada de Jolene.

Eu atendo. — Que horas são?

— São onze e meia da manhã — diz ela, observando meu estado de sono com um sorriso. — No entanto, pode-se argumentar que não é mais de manhã, mas sim, início da tarde.

— Bem, é muito cedo para discussões — digo. — O que você quer?

Antes que ela possa responder, vejo que estou recebendo uma ligação de Dorothy.

— Te retorno em um segundo — digo a Jolene e mudo para a ligação de Dorothy. — Ei, estou em uma videochamada com Jolene. Posso...

— Eu sei — diz Dorothy. — Eu deveria me juntar a isso, mas não sei como.

Resisto à vontade de provocar. A falta de habilidade de Dorothy com tecnologia é lendária, e se ela estivesse me ligando de um telefone fixo – ou de uma cabine telefônica – eu não ficaria tão surpresa.

— Que tal você ter Jolene trabalhando como seu suporte técnico? — Eu sugiro. — Enquanto isso, vou escovar os dentes.

— Detalhes demais — diz Dorothy e desliga.

Levanto-me e executo minha rotina matinal, imaginando que não tenho muito tempo antes de retornar à ligação.

Não. Como sempre, subestimei a falta de habilidades técnicas de Dorothy – ou superestimei a capacidade de Jolene de ajudá-la. Tudo o que sei é que me troquei completamente e bem protegida do sol quando elas me ligam de volta.

— Oi, pessoal — digo para o rosto de Jolene e para a testa de Dorothy. — Olhem isso.

Levo o telefone até a piscina e mostro a vista do lago.

— Uau — diz Jolene. — Parece ainda melhor do que nas fotos.

— Por favor, não faça isso de novo. — A testa de Dorothy adquire uma tonalidade esverdeada. — Isso me deixou enjoada.

Ah, coitada. Me jogo em uma espreguiçadeira e viro a câmera do telefone para mim mesma – o que, espero, seja um pouco menos nauseante. — Obrigada novamente, pessoal — digo sinceramente. — Este é o melhor presente de todos.

O fato de ainda não ter tido a oportunidade de aproveitar não é culpa delas, é claro.

— Parece que você cuidou de sua deficiência de vitamina D — diz Jolene com os olhos semicerrados.

— Me queimei de sol — digo, fingindo não entender. O dia em que eu contar a qualquer uma delas que me masturbei ontem à noite será o dia em que cortarei o pelo de um Poodle.

— Queimada de sol? — As rugas na testa de Dorothy. — Isso pode aumentar sua chance de melanoma.

Ótimo. — E se eu colocar um cataplasma?

— Não importa — diz Dorothy.

— E se eu me sentir bem hoje? — E eu percebo que sim. Completamente bem. Não acredito que não foi a primeira coisa que pensei esta manhã.

— Então talvez não tenha sido uma queimadura solar grave — diz Dorothy. — Ainda assim, fique de olho nas verrugas.

— De olho nas verrugas, check — digo. — Algo mais?

— Não a incentive — Jolene me diz severamente. — Eu *sei* que você gozou ontem à noite, então fale.

Ela é como Eleven de *Stranger Things*, mas uma pervertida – capaz de sentir remotamente algum tipo de funk pós-orgasmo a milhares de quilômetros de distância?

— Não há nada a dizer. — Devo fingir que a conexão foi cortada?

— Entendo — diz Jolene. —Você conheceu um cara, mas não ficou com ele. Em vez disso, você calibrou seu próprio material.

Que merda. Jolene corre o risco real de ser experimentada por aqueles cientistas assustadores do Laboratório Hawkins. — Como você poderia saber disso?

— E por que *eu* tenho que saber disso? — Dorothy exige. — O que uma mulher faz abaixo da cintura é...

— Cale a boca — Jolene interrompe. Estreitando os olhos para mim, ela diz: — Você tem dez segundos para descrever o cara, ou começo a detalhar minhas pesquisas no Pornhub para Dorothy. Um.

É sério?

— Dois. Você sabe que ela pode ficar traumatizada pelo resto de sua vida pudica. Três.

Embora eu esteja morbidamente curiosa sobre a escandalosa pesquisa de Jolene, tenho pena de Dorothy e conto a elas sobre o encontro com Evan e tudo o que se seguiu – pulando apenas a parte sobre a liberação manual quando cheguei em casa. Durante todo o tempo, as duas gritam – o que é normal para Jolene, mas é tão antinatural para Dorothy quanto o balé é para um hipopótamo.

— Então, deixe-me ver se entendi — diz Jolene. — Ele salvou sua vida e fez um jantar gourmet para você, mas você ainda não deu nada a ele?

As sobrancelhas de Dorothy se erguem no alto da testa. — Não acredito que estou prestes a dizer isso, mas ela está certa. Se alguma situação exige recompensas obscenas, é esta.

Essas duas concordam em alguma coisa, *de novo?* Talvez os porcos *possam* voar – supondo que a amiga também saia de férias e não durma com o primeiro cara que encontrar.

Jolene ri. — Obscenas? Você faz parecer que Brooklyn deveria fazer com que seu surfista gozasse num copo por um ano antes de fazer bukkake nela.

Hum. Isso é *estranhamente* específico.

— Mas... o quê? — Dorothy exige. — Ela não ficaria doente por beber algo com proteína depois de ter feito há tanto tempo?

Jolene franze os lábios. — Não se ela congelar sempre para evitar que estrague, obviamente. Então, no aniversário, ela poderia descongelar tudo e engolir enquanto ele observa. Ainda mais higiênico do que fazer em grupo.

— Engolir? — A testa de Dorothy parece desenvolver uma ruga permanente. — Tipo...

— Mesmo se eu oferecesse, Evan recusaria qualquer

recompensa obscena — Interrompo. — Ele disse que não faz nada com turistas, e é isso que eu sou.

Não menciono os aspectos práticos de estar menstruada, pois pareceria que considerei seriamente fazer coisas com Evan, o que não fiz de todo.

Dito isto, minha menstruação parece ter acabado hoje – um pouco cedo também, provavelmente porque meu útero gosta tanto de Evan que decidiu não atrapalhar nenhuma recompensa obscena.

— Mostre-me um cara que não gosta de bukkake e eu lhe mostrarei um assexuado — diz Jolene. — Os caras *adoram* gozar *dentro* e *sobre* seus interesses sexuais sempre que possível. — Ela trava os olhos comigo. — Tem certeza de que ele não colocou um pouco daquele cataplasma dentro?

— Acho que não — digo. — Eu teria notado. — E talvez não me importado.

— Acho que vou ter pesadelos. — Dorothy finalmente move o telefone um pouco mais para baixo, para que você possa ver o medo nos olhos dela. — Se isso foi você se filtrando, quão ruins são suas pesquisas no Pornhub?

Ótima pergunta. Antes que eu possa perguntar, um gato pula na minha espreguiçadeira, fazendo meu 'bejesus' sair de mim – e eu nem sei o que é um bejesus.

— Sally? — digo, piscando lentamente para acalmar o gato – e desejando que alguém pudesse fazer isso por mim.

— Sally? — Dorothy diz. — Tipo, o gato *dele*?

— Sim — digo. — O próprio.

— Cuidado — diz Dorothy preocupada. — Os gatos podem transmitir o T. gondii.

— O que é isso? — Eu pergunto. Parece "Gandhi, Eu", que poderia ser uma autobiografia – exceto pela parte em que os gatos podem transmitir. Falando em histórias sobre grandes homens, me pergunto se Evan odeia tanto cinebiografias quanto adaptações de livros. Nesse caso, precisarei mostrar a ele o quão incrível é o filme de Gandhi com Ben Kingsley.

Espere, por que estou planejando conversas com Evan? Provavelmente não o verei novamente.

— O 'T' significa toxoplasma — diz Dorothy.

— E isso deveria explicar tudo? — Porém, eu arquivo a palavra, pois um dia ela pode me render vinte e um pontos no jogo de tabuleiro.

— É um parasita. — Dorothy enuncia a palavra com muito prazer. — Se estiver no seu cérebro, faz você gostar de gatos e leva a outros comportamentos de risco.

— Como gostar de gatos é um comportamento de risco? — Olho para Sally e me pergunto se já tive o tal parasita – porque gosto demais desse gato, considerando que nos conhecemos há pouco tempo.

— Eu não acabei de dizer? — Dorothy resmunga. — Os gatos podem transmitir o T. gondii.

Isso é lógica circular ou é isso que o parasita cerebral do gato *quer* que eu pense?

Jolene finge um bocejo. — Devo dizer que a coisa do gato não é criativa. Evan quer sua xana, então ele está usando a gatinha para conseguir? Se eu fosse você, pegaria um galo de estimação e o mandaria para a casa de Evan.

— Isso é idiota — diz Dorothy severamente. — O gato comeria o galo.

Isso é o que há de idiota na ideia dela?

— A gatinha está com Brooklyn, então o galo estaria seguro — diz Jolene. — Prossiga.

— Vou lidar com Sally — Afirmo com firmeza.

— Tudo bem, mas mantenha-nos informadas. — Jolene balança as sobrancelhas libidinosamente.

— E fique longe do sol — diz Dorothy com uma preocupação maternal que contrasta fortemente com as travessuras da minha outra amiga.

— Tchau. — Desligo e encaro o gato. — Oi. Como você chegou aqui?

Sally pisca para mim e pula no meu colo.

OK.

Acariciando seu pelo macio, olho em volta.

Sim. Estou em uma gaiola de alumínio coberta por uma rede ainda intacta por todos os lados – uma área de piscina projetada para manter insetos e animais afastados.

Talvez ela tenha entrado na casa primeiro e depois aqui? Mas as casas também são projetadas para manter as coisas do lado de fora.

— Como você chegou aqui? — Eu pergunto de novo suavemente.

Sally ronrona em resposta.

— De vocês dois, você deveria ter se chamado de Harry, como em Houdini.

— Sally! — Evan grita em algum lugar distante.

— Ela está aqui — Grito de volta e recebo um olhar furioso do gato por causa dos meus problemas.

Evan se aproxima pela margem do lago e, quando percebe que estou segurando Sally, o alívio em seu rosto é rapidamente substituído por uma expressão confusa que combina perfeitamente com a que estava recentemente em meu rosto.

Suspiro. Ele provavelmente não enviou Sally aqui como uma manobra, como Jolene insinuou.

— Como você entrou aí de novo? — Evan exige, olhando nos olhos do gato.

Essa é uma expressão presunçosa no rosto de Sally?

— Você a viu desde que saí ontem? — Pergunto. — Talvez ela tenha escapado entre minhas pernas quando eu estava saindo e depois entrou aqui da mesma maneira.

Estou feliz que Jolene não me ouviu dizer "entre minhas pernas" porque ela ficou em êxtase com "xana" por uma hora.

Evan balança a cabeça. — Uma boa teoria, mas Sally estava em casa esta manhã quando eu a alimentei.

— Aqui. — Ofereço o gato a Evan – mais uma vez, posso imaginar Jolene dizendo algo sobre eu oferecer uma xana a ele.

Enquanto ele pega a criatura peluda, seus dedos roçam os meus, gerando um grande flashback de ontem, quando tocaram meu rosto, costas e – embora brevemente – minha bunda.

Segurando o gato, Evan acaricia suavemente seu pelo.

Huh. Ela ronrona muito mais alto para ele do que para mim. Então, novamente, quem pode culpá-la? Além disso, Jolene passou a residir oficialmente em meu cérebro, como o *T. gondii* de Dorothy. Por que outro motivo eu estaria pensando na frase "acaricia suavemente a xaninha"?

— Como está sua pele? — Evan pergunta.

Formigando. Excitada. E foram apenas os dedos que entraram em contato com os dele. Quando se trata da pele das regiões inferiores, ela fica vermelha, úmida e com sede.

— O cataplasma funcionou — Consigo dizer. — Estou como nova.

Evan estreita os olhos. — Espero que isso não signifique que você está planejando dormir na praia de novo?

Antes que eu possa dar uma resposta indignada, meu telefone toca.

Huh.

— Alô, Vic — digo depois de atender. — Você está verificando minha saúde *de novo*?

Ao ouvir o nome do bom médico, as feições de Evan ficam emburradas.

— Oi, Brooklyn — diz Vic. — Como você está se sentindo?

— Completamente recuperada — digo incisivamente. — Então... você está oficialmente livre de ter que me checar.

— É ótimo ouvir isso — diz Vic. — Mas eu não estava ligando *apenas* para saber como você estava.

— Oh? — Evan estava certo quando disse que Vic queria me convidar para sair?

— Eu queria saber se você gostaria de tomar uma bebida comigo esta noite — diz Vic.

— Tipo um encontro? — Eu deixo escapar, ainda incapaz de acreditar que um médico gostoso estaria interessado em mim depois de me ver parecendo um caranguejo afogado em uma bata de hospital.

A mandíbula de Evan treme.

— Um encontro seria ótimo — diz Vic.

— Nesse caso, sinto muito — digo, e falo sério. — Eu não namoro quando estou de férias.

Será que a mandíbula trêmula de Evan poderia estar codificando ameaças a Vic em código Morse?

Vic suspira. — Valeu a pena.

— Pode ser — digo. — Mas você não deveria ter esclarecido isso com seu *amigo* Evan antes de perguntar? Você nos viu juntos e tudo mais.

— Ele disse que vocês dois eram amigos — Vic diz defensivamente.

— É verdade, ele disse isso — digo incisivamente, certificando-me de que Evan ouça. — Eu só estava me perguntando se existe um código de irmandade que ainda proíbe o seu comportamento.

Vic coça a cabeça com tanta força que consigo ouvir. — Talvez eu precise comprar uma cerveja para Evan — diz ele.

Olho para a expressão descontente de Evan. — Mais para uma caixa de cerveja.

— Tudo bem — diz Vic. — Mas se você mudar de ideia, me ligue.

Com isso, desligo e olho desafiadoramente para Evan, desafiando-o a dizer qualquer coisa como "eu avisei".

— Você gostaria de ver aquele mapa do tesouro? — Evan diz em vez disso, e é tão inesperado que pisco estupidamente para ele antes de me lembrar de ele mencionando um mapa do tesouro que ganhou de seu avô.

— Se eu gostaria de ver um mapa do tesouro? — Repito, minha excitação crescendo. — Oxifenbutazona é uma boa palavra nas Palavras-cruzadas?

Sim, essa é uma palavra real. Se eu tivesse me tornado veterinária, provavelmente o teria prescrito para cavalos que precisam de alívio da dor ou redução da febre.

Um sorriso toca os cantos dos olhos de Evan. — Quando eu jogava com minha mãe, o jargão do surf e os termos farmacológicos eram proibidos – estes últimos se tornaram uma regra depois que ela usou exatamente essa palavra. — O sorriso se dissipa, puxando algo dentro de mim. — Ela era farmacêutica.

Devo dizer a ele que costumo jogar Palavras-cruzadas com meu filho e que também temos regras personalizadas, algumas bem malucas?

Evan se vira em direção à porta por onde entrou. —

Vou pegar o mapa e o código. Estarei de volta em alguns minutos.

Existe um código? Que legal. Quando eu era adolescente, codifiquei meu diário com um código secreto que ninguém conseguiu decifrar – e sei que meus pais autoritários fizeram o possível.

Espere. Por que estou perdendo tempo?

Enquanto corro de volta para casa, ligo rapidamente para Reagan no acampamento e ouço a diversão que ele está tendo, o que, coincidentemente, inclui uma caça ao tesouro. Quando tenho oportunidade de falar, menciono que estou fazendo algo como uma caça ao tesouro, e ele exige saber mais, então conto a ele sobre as pistas e tudo mais.

No final, ele conclui que sua caçada foi muito mais divertida, e quem sou eu para contestar a sabedoria de uma criança de sete anos?

Enquanto conversamos, arrumo meu cabelo e aplico uma grande quantidade de maquiagem.

Não é para Evan, obviamente. Eu só quero ter uma boa aparência e me sentir bem nas minhas férias.

Sim, essa é a minha história e vou mantê-la.

No momento em que falo com Reagan sobre o quanto sinto falta dele – e logo antes de ele me repreender por ser muito pegajosa – há uma batida na porta.

Merda.

—Tchau, querido, eu te amo — digo e desligo.

Abrindo a porta, fico boquiaberta com Evan, que de

alguma forma ficou mais bonito no pouco tempo em que saiu daqui.

Então isso me atinge.

Ele colocou algum produto no cabelo e trocou a camiseta por uma estilo havaiana elegante... que ele só abotoou até a metade.

Uau. Não é um crime ficar bem nisso? O que aconteceria se ele usasse terno? Eu ficaria cega com seu brilho?

— Eu trouxe um almoço para nós dois. — Evan balança uma sacola grande na minha frente. — Mapas do tesouro não gostam de ser descobertos com o estômago vazio.

Ainda estou um pouco atordoada quando ele entra e coloca a comida na mesa da cozinha.

— Espere um segundo. — Eu estudo a comida com cuidado. — Não é...

— "Tapas" japonesas. — Ele faz aspas no ar em torno da primeira palavra. — Acontece que eu sei que você gosta delas, então...

Meu estômago ronca.

Que elegante.

Junto-me a Evan à mesa e engulo rapidamente alguns petiscos deliciosos para garantir que meu estômago fique em silêncio daqui em diante.

— Onde está o mapa do tesouro? — Peço depois que o limite da minha fome é atenuado.

Evan espalha dois papéis na minha frente, parecendo bastante relutante por algum motivo.

Ele tem medo de que eu decifre o código e roube seu tesouro?

Que seja. Concentro-me nos papéis: um é um mapa, o outro é uma página arrancada de um bloco de notas, ambos desgastados e com um cheiro vagamente familiar. Algo no cheiro deles me lembra Nova York, mas não consigo identificar.

No mapa há um formato de pênis desenhado à mão que reconheço. — Este é o estado da Flórida — Exclamo.

— Isso foi tudo o que consegui reconhecer — diz Evan.

Eu franzo a testa. O mapa não está em escala e não há X marcando os pontos, como em um mapa do tesouro tradicional. E em vez de uma legenda de nomes e lugares, de um lado do mapa estão números que vão de norte a sul e de oeste a leste. Também há números no outro papel, aquele que presumo ser o código.

Aponto para o mapa. — Será que isso pode ser uma grade numérica, como na geometria cartesiana? E esses números são as coordenadas da referida grade? — Faço um gesto para os números no código.

Evan pega uma pasta cheia de cópias do mapa do tesouro, cada uma cheia de pontos. — Tentei traçar os números, mas não parece haver um padrão como tal.

Hum. Examino os números no código, o sabor da minha comida deliciosa ficando cada vez mais distante.

— Você já tentou converter esses números em letras do alfabeto?

Evan balança a cabeça. — Não sou realmente fã desse tipo de coisa.

Ei, se fosse, seria perfeito demais e ainda mais difícil de resistir.

Comendo minha comida cada vez mais sem pensar, examino a primeira linha de números: 151317761565177618301776.

— Eu poderia considerar cada número como uma letra correspondente do alfabeto — digo, mais para mim mesma do que para Evan. — Mas não existe um número divisor óbvio, como o zero, então não posso dizer se os dois primeiros números são 1 e 5 ou 15.

— Certo — diz Evan.

— É seguro apostar que os grupos de números não formarão algo maior que vinte e seis, já que só há esse número de letras no alfabeto.

— Obviamente — diz ele.

— Então, pegando apenas os primeiros quatro números, obtenho 'aeac', 'aem' ou 'om'.

— 'Om' é o som sagrado que eles fazem na meditação — diz Evan.

— Certo, mas se eu continuar assim, recebo 'omq' ou 'omagg'.

Ele coça a cabeça. — Essas não são palavras.

— Não. — Mesmo assim, continuo anotando todas as variações do jargão. É quando percebo algo. A sigla "AGGF" aparece muito, então eu procuro no meu telefone.

Hum. Existe uma sociedade médica alemã que

promove a saúde das mulheres e que usa essa sigla. Tipo, um beco sem saída.

Ou talvez não. Olhando mais de perto, percebo que o número correspondente da sigla, 1776, aparece três vezes em uma linha.

Procuro esse número e me sinto uma idiota por fazer isso. Eu estudei isso na escola. 1776 é o primeiro ano para os Estados Unidos como nação.

Este poderia ser o delineador? E os outros números poderiam ser anos importantes?

Sim! Olho para 1513 e descubro que foi o ano em que Michelangelo pintou o teto da Capela Sistina.

Poderia o avô de Evan estar fazendo uma referência à Tartaruga Ninja aqui?

Duvido.

Henrique VIII também assumiu o trono naquele ano.

Algo a ver com casamentos múltiplos?

Improvável.

Foi também o ano em que Maquiavel escreveu *O Príncipe*.

Hum. O avô de Evan queria se gabar de quão maquiavélico é seu código?

Espere.

1513 também foi o ano em que um conquistador chamado Juan Ponce de León avistou pela primeira vez e reivindicou uma determinada terra para seu país natal, a Espanha.

Uma terra que ele batizou com o nome da palavra

espanhola para "florido" e que hoje conhecemos como Flórida.

Tipo, o formato do pênis no mapa! Eu tenho que estar no caminho certo aqui.

Usar essas informações e o ano de 1565 me leva a um local específico na Flórida, que fica a uma curta distância de carro de Palm Islet: *St. Augustine*. Uma cidade que, segundo a Wikipedia, é "o mais antigo assentamento de origem europeia continuamente ocupado no território continental dos Estados Unidos". Foi fundado em 1565.

Continuando nesse sentido, logo descubro uma localização mais exata em St. Augustine: o campus do que hoje é o Flagler College, mas que costumava ser um hotel chamado Hotel Ponce de León, fundado por um industrial da Era Dourada chamado Henry Morrison Flagler, que nasceu em 1830.

Cheia de entusiasmo, passo para a próxima linha de números quando Evan pigarreia.

Merda. Eu esqueci que ele estava aqui – e dado o quão gostoso esse homem é, isso diz muito.

— Parece que você encontrou alguma coisa — diz ele, me estudando atentamente.

— Sim — digo e conto a ele sobre minhas descobertas.

— Rapaz, eu me sinto idiota — Ele diz depois que termino. — Eu fui para o Flagler College.

— Foi?

—Sim — Ele diz. — Formado em Marketing. Quem diria?

— Pois é — digo. —Você me pegou naquele cataplasma, isso é certo.

Eu realmente espero que ele não me pergunte sobre minha experiência na faculdade. Para responder a isso, eu teria que falar sobre minha gravidez e...

— Você quer ir atrás dessa pista? — Evan pergunta, me surpreendendo.

Pego o resto da comida japonesa e enfio-a na boca sem graça – uma espécie de momento comercial do Twix para me dar uma chance de organizar meus pensamentos.

— Vou dividir o tesouro com você — diz Evan, e acho que ele está tentando parecer sedutor. Ou espero que esteja, porque, caso contrário, agora estou molhada sem motivo.

— Dividir o tesouro? — Finalmente consigo dizer.

Ele se levanta. — Meio a meio?

— Não. Não podemos fazer isso. Era do seu avô. Este é o seu direito de nascença do qual estamos falando. — Sentindo-me um pouco vacilante, mesmo assim me levanto.

— E não posso permitir que você trabalhe para mim de graça.

— Então me dê uns cinco por cento — Sugiro. — Não metade.

— Em primeiro lugar, dividir as coisas ao meio é mais fácil — diz ele. — Em segundo lugar, você não trabalharia muito mais para obter um pedaço maior?

Devo dizer a ele que ajudaria de graça?

— Olha, tenho que insistir — diz ele.

— Certo — Principalmente porque estou muito fora de mim para discutir mais. Sempre posso recusar o tesouro outra vez, se encontrarmos algum.

— Oh, eu tenho mais uma condição — diz ele.

Casar com ele?

— Você tem que colocar protetor solar — diz ele.

Oh. Que mundano. — Claro. — Vou até o balcão, pego o tubo e aplico o creme nos braços e nas pernas.

Quando olho para cima, os olhos de Evan estão brilhando. — E as suas costas?

Oh. Certo. Há uma abertura nas minhas costas. Sabendo que vou me arrepender, entrego-lhe o protetor solar e me viro.

Por todos os hormônios. Os dedos de Evan roçam minha nuca, depois deslizam suavemente e acariciam a pele entre minhas omoplatas.

Se eu achava que estava com calor e incomodada com sua voz sedutora ou com a aplicação do cataplasma, não sabia o significado das palavras. Tudo o que quero fazer é pedir licença para ir ao banheiro e "tirar água do meu barco", como uma pervertida. Alternativamente, quero arrastá-lo para o quarto c realizar um tipo diferente de caça ao tesouro com ele lá, onde ele...

— Pronto. — Ele tira as mãos da minha pele, permitindo que alguma aparência de pensamento coerente retorne – embora não muito.

Em uma névoa de luxúria, sigo Evan até seu carro e seguimos para St. Augustine pela pitoresca rodovia A1A.

— Seu avô era um grande fã de curiosidades da Flórida? — Eu pergunto quando um pouco do meu juízo retorna.

— Muita coisa — diz Evan. — E ele passou isso para mim.

Tiro meus olhos do oceano para encará-lo com ceticismo. — Você conhece curiosidades da Flórida?

Se sim, por que ele não decifrou o código do mapa do tesouro?

— Conheço. — Ele olha para mim, parecendo arrogante. — Vá em frente. Me teste.

Como nunca posso recusar um desafio, pego meu telefone e faço algumas pesquisas.

— Conte-me alguns fatos sobre fast-food relacionados à Flórida — Questiono.

— O suco de laranja é junk food? — Ele pergunta. — Porque setenta por cento das laranjas dos EUA vêm daqui.

— Fruta é o oposto de junk food, e perguntei sobre fast food, que é um pouco diferente. Vou contar essa resposta como uma perda.

Ele franze os lábios, me fazendo querer beijá-los. — Sempre me disseram que o suco de laranja é puro açúcar e, portanto, lixo. Mas tudo bem. Qual é o fato do fast-food sobre a Flórida?

— O primeiro Burger King foi fundado em Jacksonville — digo. — Seguindo em frente... Por qual padrão climático seu estado natal é famoso?

— Tempestades — diz ele. — Temos a maior atividade de tempestades de qualquer estado.

Hum. Eu esperava que ele dissesse que é o estado mais sujeito a furacões, mas uma pesquisa rápida confirma que sua resposta também está certa.

Continuamos na mesma linha, e ele conhece o assunto, como o fato de a Flórida ser o estado mais plano dos EUA, e de as tribos nativas americanas terem vivido na região da Flórida durante vários milhares de anos antes da chegada dos europeus. Além disso, a Flórida tornou-se oficialmente parte dos EUA em 1821 e é o único lugar no mundo onde você pode encontrar crocodilos e jacarés em estado selvagem.

— Estamos quase lá — diz Evan. — Vou procurar estacionamento.

— OK. — Presto atenção ao que nos rodeia, e fico feliz por fazê-lo, porque a arquitetura ao nosso redor é muito elegante e é o que você esperaria ver na cidade mais antiga dos Estados Unidos.

— Isso é um rio? — Pergunto, apontando para o majestoso corpo de água próximo, com uma linda ponte passando por cima.

— Essa é a Intracoastal Waterway — Evan diz com tanto orgulho que você pensaria que ele mesmo encheu a coisa com água. — Ela percorre três mil milhas em vários estados.

— Huh.

— Sim, e essa é a Ponte dos Leões. — Ele aponta para a direita, em direção à bonita ponte, que não surpreende por apresentar estátuas de leões. — Se tivéssemos permanecido na A1A, teríamos eventualmente cruzado.

— Incrível. Vamos passar por cima dela para chegar ao nosso destino?

— Não — Ele diz. — Mas podemos dar um passeio lá mais tarde, se você quiser. Depois que o sol se pôr.

Hum. Isso parece um pouco romântico de repente, mas não descarto essa possibilidade. Apesar de ser uma má ideia nos envolvermos em algo parecido com uma atividade de encontro, devo a Jolene e Dorothy relaxar nessas férias, e um passeio noturno por aquela ponte pode resolver o problema.

— OK, já que estou bancando o guia turístico, ali fica o Castillo de San Marcos. — Evan aponta para a direita novamente. — Foi construído em 1695 e foi declarado Monumento Nacional há quase cem anos.

— Droga. — É um castelo de verdade. Não sei por que acho isso surpreendente, considerando a parte "Castillo". — Seu avô deveria ter escondido a pista do tesouro no castelo, em vez de em uma faculdade que costumava ser um hotel. Isso é o que Dan Brown teria feito.

Por outro lado, num livro de Dan Brown, um padre albino estaria à nossa espera no Castillo, aguardando a hora com autoflagelação ou assistindo ao *Emoji, o Filme*.

— A faculdade está aberta ao público — diz Evan. — Castillo, por outro lado, exige ingressos. Apesar de rico, meu avô era econômico. Ou como ele diria, um causou o outro.

— Mas quanto custa um ingresso? — Eu pergunto.

Evan sorri. — Quinze dólares. 'Econômico' pode ser um eufemismo ao descrever o vovô.

— Huh. Por esse preço, quero dar uma olhada, depois de termos a pista.

— Com prazer — diz ele. — Já faz um tempo desde que estive lá.

Merda. Acabei de forçá-lo a fazer outra atividade parecida com um encontro.

Mas Evan não parece notar ou se importar porque continua apontando mais atrações, como *Acredite se Quiser* – um lugar que Reagan adoraria – e a histórica St. George Street.

Falando nessa rua, assim que estacionamos a pegamos para chegar ao nosso destino.

Uau. Isso lembra os pontos mais turísticos de Nova York. Há lanches em cada esquina, vários bares e restaurantes, lojas de roupas e pessoas fantasiadas de piratas. OK, essa última parte não é como Nova York. Em Nova York, temos personagens Disney não autorizados.

— Quer experimentar o melhor picolé de todos os tempos? — Evan pergunta.

— Oxazepam seria uma boa palavra no jogo? — É um medicamento usado para tratar a ansiedade – para pessoas, não para cavalos.

Sorrindo, Evan me conduz para dar uma volta. — Achei que já tivéssemos concordado em não usar termos farmacológicos no jogo.

Ah. Certo. — Este é o lugar?

Assentindo, ele abre a porta e me desafia a escolher o picolé de Melancia Jalapeño Margarita, então eu o faço.

Examinando os outros sabores, vejo Torta de Maçã com Manteiga de Amendoim, que teria sido a escolha de Reagan, com certeza.

Embora pareça uma combinação estranha, adoro meu picolé, mas a companhia de Evan pode ter algo a ver com isso.

Enquanto ele me leva pela St. George Street, ele me conta sobre as hilariantes combinações de sabores que ele faria com que a sorveteria fizesse se *ele* estivesse no comando. Sabores que incluem – mas não estão limitados – a tempura de frango, atum picante e gônadas de ouriço-do-mar.

— Esse diploma de marketing está claramente sendo bem utilizado — digo. — Gelados com gosto de comida japonesa. Por que não italiano? Mexicano? Indiano?

— Eu usei meu diploma. — Ele lambe seu picolé, o que é extremamente perturbador. — Você precisa dar às pessoas um produto que as faça se sentir parte da tribo. Uma tribo gastronômica, neste caso.

— Mais como uma tribo de viciados em comida japonesa. — Eu me esquivo de um pirata carregando folhetos. — Mais importante, como você transformaria frango frito – para não falar empanado – em um picolé?

— Misture com leite primeiro? — Ele dá de ombros. — Eu sou apenas o cara do marketing. Eu deixaria para o chef descobrir essa parte.

Saímos da St. George Street e entramos em um pequeno parque, onde Evan me dá uma escolha:

conferir primeiro alguns lugares famosos ou ir para a faculdade.

Escolho passear e passamos por três lugares: a Basílica Catedral, o Casa Monica Hotel e o Museu Lightner. Como resultado, tenho agora uma nova visão para o casamento dos meus sonhos: uma cerimônia naquela catedral com uma recepção no pátio do museu, seguida de uma lua de mel naquele hotel.

OK, certo. Isso é tão provável quanto Evan ser o noivo.

— Preparada? — Evan aponta para um lindo prédio parecido com um castelo do outro lado da rua do museu.

Concordo com a cabeça e atravessamos a rua. Examino o que está ao meu redor, canalizando meu Robert Langdon interior... sem sucesso. No que diz respeito a este campus, não vejo nenhuma pista — apenas oportunidades incríveis para fotos, especialmente perto da fonte no pátio.

— Podemos entrar no prédio? — Pergunto.

Evan diz que sim, e entramos. Instantaneamente, sinto como se tivesse sido teletransportada magicamente para a Escola de Magia e Bruxaria de Hogwarts.

— Uau. — Fico boquiaberta diante do teto abobadado. — Talvez seu avô estivesse certo em plantar a pista aqui.

Falando na pista... Estudo intensamente as pinturas, passo a mão pelos trilhos de madeira em busca de cortes ou arranhões, e escrutino sobre os padrões do chão, tentando decifrar se eles têm algum significado.

Não. Ainda não tenho ideia de onde a pista está escondida ou se ela existe.

— Posso levar você mais para dentro do prédio — diz Evan quando reclamo. — Ainda tenho conexões aqui.

— Sim, por favor.

Um guia turístico nos leva pela biblioteca, refeitório e diversas áreas comuns, todas lindamente adornadas com pisos de mosaico, vitrais ou lindos lustres. Depois de algumas horas procurando pistas em todos os cantos e atormentando nosso pobre guia turístico com um milhão de perguntas, desisto oficialmente. Como prêmio de consolação, Evan se oferece para me levar a um restaurante que faz tudo do zero, com ingredientes sazonais e produtos locais.

— Eu simplesmente não entendo — digo enquanto nossa garçonete com aparência maltesa deixa nossos pedidos na nossa frente. — Será que eu não decifrei o código do seu avô corretamente?

Evan dá de ombros. — Talvez você precise decodificar o resto do papel?

Boa ideia. Pego o papel e começo a trabalhar - apenas para descobrir que a próxima série de números é um local completamente diferente em outro lugar da Flórida: o Museu e Jardins Vizcaya, em Miami.

Hum. Usando meu telefone, aprendo o que posso sobre o local em questão, mas tudo o que me desperta é a vontade de visitá-lo.

— Podemos ir até lá amanhã — Evan diz quando conto o que descobri. — Podemos passar a noite na casa do meu amigo.

Passar a noite? Parece tentador pelos motivos errados.

— Deixe-me ver para onde mais essas pistas apontam — digo em vez disso, ignorando minha comida com cheiro delicioso enquanto continuo a decodificar.

Ah, sim. A próxima linha de números leva aos Jardins Sunken, em São Petersburgo, e a última linha corresponde ao Parque Estadual Florida Caverns, em Marianna.

— Como isso está conectado? — Eu pergunto, franzindo a testa.

Evan olha para nossas refeições esfriando rapidamente. — Alguma chance de você começar a comer logo, para que eu possa acompanhá-la?

Oh, merda, eu nem percebi que ele estava sendo um cavalheiro.

Coloco uma garfada de risoto na boca. — Droga. Isso é realmente bom.

Evan estende o garfo. — Se importa se eu experimentar?

Eu coro. De alguma forma, suas palavras soam sexuais.

— Claro. Posso provar o seu?

Seus olhos brilham. Será que *minhas* palavras soaram sexuais?

— Por favor. — Ele aponta para sua massa enegrecida. — Aproveite.

Enfio o garfo na comida dele e ela é ainda melhor que a minha.

Ou então eu acho.

Ele afirma que gosta mais do meu prato.

— Que tal trocarmos? — Eu pergunto.

Ele concorda, então pego o prato dele e dou o meu. Por brincadeira, troco nossas águas idênticas também, e minha recompensa é o sorriso dele.

Só depois de tudo feito é que percebo que isso é algo que um casal faria, e não o que quer que sejamos um para o outro.

— Sabe — diz Evan —, se eu soubesse que você ficaria tão obcecada com o mapa do tesouro, não teria te envolvido na caçada.

Oh. — Sou má companhia?

Ele balança a cabeça. — Não é isso. Você está de férias, mas acho que não relaxou hoje.

Eu considero isso enquanto mastigo meu macarrão. — A verdade é — digo depois de engolir — resolver quebra-cabeças equivale a um dia de spa para mim.

E essa é a verdade, mas não toda a verdade: estou focada no mapa do tesouro para me distrair de Evan. Não quero prestar atenção em como ele é fofo, me mostrando todos os pontos turísticos. E como ele é tão gostoso que todas as turistas – e alguns homens também – ficam boquiabertas com ele onde quer que vamos.

Em outras palavras, ele está correto. Apesar da diversão, estou mais tensa do que em Nova York. O que é realmente incrível porque relaxar estava no topo da minha lista de tarefas – e não apenas para mim, mas também para Jolene e Dorothy, que investiram dinheiro para que eu realizasse essa tarefa simples.

Isso resolve tudo. A partir deste momento, vou relaxar.

Coloco outro pedaço de massa celestial na boca e mastigo devagar, com atenção, contemplando os ingredientes locais que o chef usou.

Não. Por melhor que seja a comida, ela não é suficiente. É necessário algo mais forte, como chocolate, ou queijo, ou a língua de Evan no meu clitóris.

— Gostaria de uma bebida? — Pergunta a garçonete de repente, e é como uma resposta à minha oração não dita.

Você pode dizer todas as coisas negativas sobre o álcool até as vacas voltarem da praia, mas há uma coisa em que ele é muito bom: aliviar a tensão.

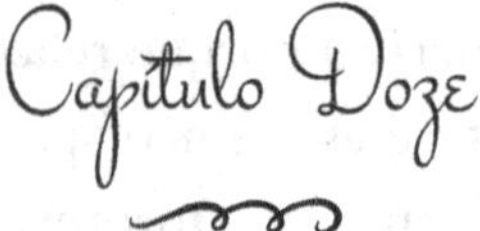

Capítulo Doze

EVAN

Dez segundos antes

— A verdade é — diz Brooklyn — resolver quebra-cabeças equivale a um dia de spa para mim.

Eu olho para ela, meu coração batendo mais rápido. É como se ela tivesse falado meus pensamentos. Embora eu não seja um grande fã de spas, esta é a maior diversão que já tive em anos, e já estive em St. Augustine um milhão de vezes antes.

Merda. O que eu estou pensando? Ela é uma turista. Ela é transitória. E mesmo que ela fosse local, ela parece ser o tipo de pessoa que um dia gostaria de ter uma família, o que não é algo que posso dar a ela.

— Gostariam de uma bebida? — Pergunta a garçonete, me assustando.

Espero que Brooklyn recuse, mas ela balança a cabeça com muita ansiedade.

— Eu vi um coquetel com rum no cardápio mais cedo. — Virando-se para mim, ela acrescenta com culpa: — Esta cidade parece ter temática de piratas, então...

— Eu sei a que bebida você se refere — diz a garçonete com aprovação.

Por que presumi que Brooklyn não bebe álcool? Não faço ideia, mas não posso deixá-la beber sozinha.

— Você ainda serve aquele coquetel com vodca St. Augustine? — Pergunto à garçonete. Voltando-me para Brooklyn, explico: — Há uma destilaria local aqui.

— Sim — diz a garçonete.

— Na verdade, vou querer o que ele pedir — diz Brooklyn.

Sorrindo com conhecimento de causa, a garçonete acena com a cabeça e sai correndo.

— Sobre o que estávamos falando? — Brooklyn pergunta.

Como outra colherada do delicioso risoto. — Que você precisa relaxar — Eu a lembro incisivamente.

Ela suspira. — Daí a bebida.

Ah. Isso faz sentido. E será necessário mais de uma, eu suspeito. Que assim seja. Pego meu telefone e digito uma mensagem rápida.

— Com quem você está falando? — Brooklyn pergunta quando eu olho para cima. Ela parece muito mais casual do que seus olhos estreitados poderiam sugerir.

O que eu fiz agora? Ela é como eu e não gosta de mandar mensagens à mesa? Se sim, isso é legítimo.

— Quero ter certeza de que Boon e Bonnie possam pegar meu carro e nos dar uma carona de volta — Explico. — Eu não bebo e dirijo.

Tomando isso como sugestão, a garçonete traz nossas bebidas.

Brooklyn toma um gole e ergue as sobrancelhas perfeitas em agradecimento. — Eu não sabia que estaria te dando trabalho.

— Você não está. — Bebo minha bebida. — Eu também poderia usar um desses e, quanto a Boon e Bonnie, eles são muito mais baratos do que um Uber seria.

Brooklyn franze a testa. — Achei que eles fossem amigos fazendo um favor a você. Com dinheiro envolvido, você tem que me deixar pagar metade.

Coloco minha bebida na mesa. — Não estamos falando de muito dinheiro. Não tenho certeza se você percebeu, mas aqueles dois estavam sentados em um sofá de ferro-velho. Na praia.

— Mesmo assim — Ela diz teimosamente — Quero retribuir por você ter levado meu carro para casa outro dia e por hoje. Além disso, caso você esteja pensando em pagar a conta aqui, não faça isso.

Eu solto um suspiro exasperado. — Você quer *parecer* insultuosa quando diz coisas assim?

Seus olhos se arregalam. — Insultuosa?

— Digamos que eu quisesse fazer um telefonema e pedisse 25 centavos: você me emprestaria ou daria?

Ela inclina a cabeça. — Vinte e cinco?

— Para um telefone público.

Ela sorri. — Isso é o que eu pensei que você quis dizer. Andar por esta cidade tão antiga de alguma forma fez seu cérebro pensar que estamos nos anos noventa?

Tomo um grande gole da minha bebida. — É um telefone público hipotético.

— Mesmo os telefones públicos hipotéticos já desapareceram — diz ela. — Todo mundo hoje em dia carrega uma dessas incríveis maravilhas tecnológicas que não só tiram selfies, mas também fazem ligações.

— Tudo bem — digo revirando os olhos. — Que tal isto: se você me deixar usar seu celular, você me faria pagar pelos minutos que usei?

Ela bebe sua bebida presunçosamente. — Tenho ligações ilimitadas.

— E se você me desse um chiclete? Você me deixaria pagar por isso?

Ela sorri. —Isso é uma dica hipotética de que tenho mau hálito, ou você que tem?

— Você sabe o que quero dizer — Eu rosno.

— Eu sei — Ela admite. — Mas sua lógica não se aplica. Eu vi os preços neste menu.

Devo dizer a ela que os preços deste cardápio são como o custo do chiclete para mim? Não, não quero parecer exibido. Essa é a mesma razão pela qual menti para ela sobre ter um amigo em Miami, em vez de dizer a ela que pretendo alugar meu Airbnb favorito. Agora também direi que tenho amigos em São Petersburgo e Marianna - todos querendo que eu "pernoite" de graça.

— Que tal jogarmos Palavras-cruzadas para resolver isso? — Ofereço, esperando que ela esteja animada ou competitiva o suficiente para concordar.

— Você trouxe peças do tabuleiro com você? — Ela olha para mim como se eu tivesse crescido um pau na testa – e espero que não, porque é apenas um pau extra para ficar duro na presença dela.

— Todo mundo hoje em dia carrega uma dessas incríveis maravilhas tecnológicas que não apenas tiram selfies e fazem ligações, mas também permitem jogar Palavras-cruzadas. — Não consigo resistir a um sorriso de satisfação.

Corando de forma atraente, ela toma um gole de sua bebida. — Como posso saber que você não perderá de propósito?

— Eu não preciso. O acordo será: se eu ganhar, pago a conta, e se – e isso é puramente hipotético – eu perder, nós a dividimos.

Seus olhos brilham. — Estou dentro.

Alguém está confiante demais em suas habilidades.

Pegamos nossos telefones e configuramos tudo no aplicativo das Palavras-cruzadas antes de começar nossa batalha épica de palavras.

Rapidamente assumo a liderança e, quando terminamos a comida e as sobremesas (juntamente com três bebidas para ela e seis para mim), minha vitória parece quase garantida.

— Isso não é justo — diz ela, com as palavras um pouco arrastadas. — Eu sempre jogo com regras modificadas e mais peças.

— É sério? Deixei você usar a palavra 'farmacologia', embora tenhamos concordado em não usar termos farmacológicos.

Ela revira os olhos. — Vou repetir, 'farmacologia' em si não é uma palavra farmacológica.

— E eu digo que se um substantivo é um substantivo, por que 'farmacologia' não é um termo farmacológico? — Merda. Não tenho certeza se isso fez sentido.

— Posso usar essa 'lógica' também. A palavra 'maldição' não é um palavrão — diz Brooklyn teimosamente. — E a palavra 'animal' não é em si um animal.

Esta é a coisa mais frustrante sobre as mulheres. Elas tendem a ser muito boas em argumentos. — Você quer saber? Que tal isto: doravante são permitidos termos farmacológicos. Eu ainda vou ganhar de você.

— Tem certeza? — Ela pergunta, parecendo suspeitamente inocente. — Que tal nomes químicos?

Eu avalio a situação: minhas peças sumiram e tenho uma grande vantagem. — Faça o seu pior.

Com um sorriso triunfante, Brooklyn joga uma palavra que nunca ouvi antes: benzoxicânforas.

Que porra é essa? Com esse único movimento, ela fica sem peças e forma três outras palavras, obtendo uma pontuação obscena no processo.

— Eu ganhei! — Ela grita.

Oh, sim. Isso também.

Verifico se a palavra é real e, sim, é famosa por ser uma palavra do jogo que rende um número absurdo de pontos – e foi assim que ela deve ter aprendido sobre isso.

— Você trapaceou. — Aposto que a fala arrastada também foi um estratagema, para me induzir a baixar a guarda, o que fiz.

— Alguém é um péssimo perdedor? — Ela faz um gesto de bebida para a garçonete.

— Eu exijo uma revanche.

— Um acordo é um acordo — diz ela. — Dividimos a conta.

Eu suspiro. — Olha, eu estava tão confiante de que iria ganhar que pedi mais bebidas do que teria pedido de outra forma. Não seria justo você pagar por metade delas.

Ela revira os olhos. — Quem parece insultante agora?

— Não é o mesmo.

A garçonete traz a bebida de Brooklyn e me pergunta se eu quero outra também.

— Não — digo severamente. — Terminei por hoje.

Brooklyn faz beicinho. — Você vai me deixar beber sozinha?

Eu apenas cruzo os braços sobre o peito e olho para ela em silêncio.

— Tudo bem — Ela diz. — Vou fazer um acordo: tome uma bebida comigo e deixo você pagar a conta estúpida. Mas ganhei de forma justa.

A garçonete olha para nós como se fôssemos loucos.

— Só vou concordar se conseguir uma revanche —

digo. — Usando peças reais e palavras que pessoas comuns conheceriam.

— Você tem seu acordo — diz Brooklyn. — Desde que possamos seguir *minhas* regras.

Digo à garçonete para me trazer outra bebida e elaboramos essas regras, que se resumem a ganhar pontos extras por palavras mais longas.

— Tudo bem — digo. — Palavras longas, mas normais.

— Feito — Ela diz.

A garçonete volta trazendo minha bebida. Suprimo um soluço e me viro para ela. — Você tem peças do jogo Palavras-cruzadas?

Não, agora ela olha para nós como se fôssemos loucos. — Não — Ela diz, parecendo muito mais educada do que parece. — Mas temos um jornal velho, com palavras-cruzadas.

Brooklyn bate palmas com entusiasmo. — Por favor, traga.

A garçonete arqueia uma sobrancelha. — Sem problemas. Algo mais?

— Sim. Um pouco de farinha — diz Brooklyn.

Farinha? Por que ela precisaria disso para fazer palavras-cruzadas?

— Algo mais? — A garçonete olha para mim como se perguntasse: "Preciso ligar para o 911?"

— Sim — diz Brooklyn. — Uma tigela, por favor, e mais água.

A garçonete sai correndo antes que os pedidos fiquem mais estranhos, e eu olho para Brooklyn com expectativa, mas ela apenas fica lá sentada com um sorriso misterioso em seu lindo rosto.

Quando todos os itens chegam, Brooklyn coloca a farinha na tigela, acrescenta água e mistura tudo com o garfo.

— O que você está fazendo? — Não posso deixar de perguntar. E por que isso está me fazendo pensar em esperma?

Ignorando-me, Brooklyn acena para a garçonete novamente.

— Sim? — A garçonete não está escondendo sua atitude agora.

— Você tem um balão? — Brooklyn pergunta.

É assim que se parece a intoxicação por álcool?

A garçonete balança a cabeça.

— Que tal uma camisinha? — Brooklyn pergunta.

A curiosidade tomou conta de mim, tiro minha carteira e entrego à garçonete uma grande gorjeta. — Por favor — Acrescento. — Estou curioso para ver onde isso vai dar.

Pegando o dinheiro, a garçonete sai e volta com uma caixa cheia de camisinhas. — Eles têm mais na máquina do banheiro — diz ela. — Caso você acabe. — Com isso, ela nos deixa.

Mordendo o lábio, Brooklyn rasga um pedaço de jornal e o coloca na tigela. E não sei se são as camisinhas ou o fato de morder os lábios, mas eu pagaria um milhão de dólares para estarmos no meu quarto agora.

Oh.

Espere.

Ela desembrulha uma camisinha e começa a soprar nela. Eu fico desconfortavelmente duro.

Logo, o preservativo tem o formato de um balão bulboso.

OK...

Faço o meu melhor para fingir que estou tranquilo.

Brooklyn pega o pedaço de jornal e o enrola na camisinha enchida. Ela então prepara outra peça e a embrulha em um ângulo diferente, depois faz isso de novo e de novo até que tudo se assemelhe a uma espécie de pau de baleia mumificado.

— Agora vamos esperar secar — Ela diz enquanto fico boquiaberto.

— E então? — Eu incito.

— E então eu pinto seu rosto nele — Explica ela.

Eu desvio meu olhar da estranheza para olhar para ela com curiosidade. — Por quê?

— Porque é você. Uma versão em papel machê.

Foi isso que pensei que essa coisa poderia ser: papel machê, não eu. Brooklyn mencionou que essa forma de arte era sua versão do surf.

— Já é como me olhar no espelho — digo, voltando meu olhar para a múmia do pau. — Tem certeza de que precisa da tinta?

Ela engole a bebida. — Tenho certeza. — Ela amassa um pouco do jornal, faz uma bola apertada e acrescenta o que imagino ser uma orelha na "minha" cabeça.

Eu me pergunto qual é a tolerância ao álcool dela?

Enquanto penso nisso, ela tira o batom e desenha lábios no "meu" rosto de jornal. Parecendo satisfeita, ela procura pela garçonete.

Não. Não estava fingindo. Antes que ela possa pedir mais álcool à garçonete, faço um gesto pedindo a conta e pergunto a Brooklyn: — Você gostaria de dar aquele passeio pela Ponte dos Leões?

Seus olhos brilham de excitação. — Aquela perto do castelo?

Eu verifico a hora. — Sabe, se nos apressarmos, poderemos dar uma rápida olhada no interior do castelo antes de caminharmos.

Ela pega sua obra de arte e fica de pé, balançando um pouco. — Vamos.

— Um segundo. — Espero até que a garçonete traga a conta e então jogo a quantia necessária na mesa, além de outra gorjeta. — *Agora* podemos ir.

Quando me levanto, percebo que Brooklyn não é a única que pode ter exagerado. Não creio que o restaurante normalmente gire como está agora, nem minhas pernas costumam parecer algodão doce.

— Aqui. — Ofereço meu cotovelo a Brooklyn. — Se vamos passear, é melhor fazê-lo corretamente.

Além disso, as chances de cairmos diminuem se estivermos interligados – pelo menos assim espero.

Sem hesitar, Brooklyn desliza sua mãozinha na dobra do meu cotovelo, e seu toque envia uma pontada de luxúria direto para meu pau.

Simplesmente perfeito. Caminhar vai ser ainda mais duro agora – trocadilho intencional.

— Esta é a última vez que bebo vodca St. Augustine — Murmuro para ninguém em particular depois de alguns quarteirões. — E estou falando sério... desta vez.

Brooklyn soluça. — Você já fez esse juramento antes?

— Apenas uma ou duas vezes. — Atravessamos a rua, andando razoavelmente em linha reta... eu acho.

— Uau — diz Brooklyn. — Tudo parece ainda melhor daqui.

Eu sigo seu olhar. A Intracoastal parece pitoresca, mas acho que tem mais a ver com as lindas cores do sol poente.

— Vamos, depressa. É ainda melhor visto do parapeito do castelo. — Acelero o ritmo, mas apesar dos meus melhores esforços, não conseguimos.

— Desculpe. Já estamos fechados — diz o cara da cabine quando chegamos.

A expressão no rosto de Brooklyn é inaceitável, então enfio a mão na carteira e deslizo algumas notas para o cara o mais furtivamente que posso. — Você acha que poderia abrir uma exceção, só desta vez?

— Certo. — O cara embolsa o dinheiro e sai da barraca. — Se alguém perguntar, vocês são bons amigos meus.

Brooklyn coloca "meu" rosto de papel machê no balcão do estande. — Tudo bem se eu deixar Evan aqui?

O cara da bilheteria me olha de soslaio.

— Está tudo bem — digo. — É melhor que suas mãos estejam livres.

Brooklyn manda um beijo no ar para o Evan-camisinha, e depois se junta a mim para seguir nosso relutante guia.

Assim que entramos no castelo, o cara da bilheteria sai e eu levo Brooklyn para o pátio. Ela faz *oohs* e *aahs* para tudo, o que me inspira a relembrar alguns dos fatos inúteis que aprendi nos inúmeros passeios por este lugar que meus colegas e eu fizemos no Ensino Médio – como o fato de ser feito de coquina.

— Co-quinoa? — Brooklyn se repete. — Isso é acompanhante de uma semente disfarçada de grão?

Eu sorrio maliciosamente. — É um calcário macio composto de conchas e corais.

— Por que fazer disso um castelo?

— Isso torna as paredes resistentes a tiros de canhão.

— Certo — Ela diz revirando os olhos. — Porque, como todo caranguejo eremita sabe, conchas robustas são tão fortes quanto o Kevlar.

Eu dou de ombros. — Só estou contando o que nos contaram durante os passeios. Não sou exatamente um engenheiro militar.

Ela abre a boca para dizer mais alguma coisa, mas a vista do pôr do sol do parapeito chama sua atenção. Ela olha para ele, boquiaberta – enquanto eu olho para ela. Ela tem um nariz classicamente lindo, bochechas levemente rosadas de excitação e...

Porra, ela me pega olhando e umedece os lábios.

Caralho duplo. Estou sendo puxado em direção a esses lábios, como um pirata em direção ao butim. E agora estou pensando na bunda redonda e bonita de Brooklyn, como se minha ereção já não fosse óbvia. Inclino a cabeça, incapaz de me conter, e qualquer força que esteja trabalhando em mim parece afetá-la também, porque ela inclina a cabeça para trás, com o olhar fixo no meu.

Nossos lábios se chocam e todas as metáforas relacionadas a navios piratas e balas de canhão fogem da minha mente. Brooklyn tem gosto de sorvete de chá verde e cheiro de yuzu e cravo – uma combinação estonteante que me faz querer quadruplicar o milhão de dólares que estou disposto a abrir mão para acabar magicamente na cama com ela. Talvez eu até fizesse *séx*tuplo disso... ênfase nas três primeiras letras dessa palavra, é claro.

Minhas mãos deslizam em seu cabelo sedoso enquanto eu varro minha língua mais profundamente nos recessos macios de sua boca, sentindo seu corpo macio se moldando contra o meu...

Algum idiota limpa a garganta. — Estamos oficialmente fechados.

Porra. Brooklyn e eu nos separamos e tenho que respirar fundo para controlar os impulsos violentos em direção ao estraga-prazer.

— Sinto muito — diz o cara que subornei antes. — Temos que fechar.

Parecendo um pouco confusa, Brooklyn toca seus lábios inchados pelo beijo, me fazendo desejá-los novamente. — Olha aquelas luzes no calçadão — diz ela, a propósito de nada.

— Sim. Maravilhoso. — Com um esforço monumental, afasto os olhos do rosto de Brooklyn e respiro fundo novamente.

— Para a Ponte dos Leões! — Brooklyn agarra minha mão.

Sério? Não sei quantos golpes a mais minhas pobres bolas podem aguentar antes de ficarem turquesa.

De mãos dadas, voltamos para baixo, mas antes de sair, Brooklyn tira algumas selfies de nós dois e depois pede ao cara que nos expulsou para tirar uma foto à distância.

Droga. Isso está progredindo de forma suspeita, como um encontro – com um beijo e tudo mais.

É quando isso realmente me atinge. Nós nos beijamos. Uma parte de mim ainda não consegue acreditar. E foi o beijo mais incrível de todos. A menos que... a vodca esteja me fazendo pensar assim? Enganar-se por excesso de cerveja é uma coisa, então talvez...

— Quase esqueci — diz Brooklyn, pegando sua obra de arte enquanto passamos pela bilheteria.

Isso significa que ela está sóbria ou é o contrário?

A sensação de ser um encontro se fortalece enquanto caminhamos de mãos dadas, conversando sobre tudo e nada. Eu digo a ela o que gosto no surf, ela me conta por que adora trabalhar com animais – e que deseja fazer mais isso no futuro, de preferência tornando-se veterinária.

— Eu poderia totalmente ver você como uma veterinária — digo. — Você deveria fazê-lo.

Seu sorriso vacila. — Talvez um dia.

Ah. Certo. Ela está de férias e estou lembrando-a do trabalho e das responsabilidades.

Falando em lembretes, ela está aqui apenas de férias. Até agora, a névoa do álcool me fez esquecer disso e do fato de que não sou muito dado a encontros.

Como se fosse uma deixa, as luzes do calçadão e da ponte à nossa frente se acendem, criando uma atmosfera extremamente romântica.

Caralho.

Brooklyn acena para as pessoas alegres em um barco que passa, e aproveito esse momento para instruir Boone a nos encontrar do outro lado da ponte. Também digo a ele que pagarei eletronicamente, para evitarmos discutir dinheiro na frente de Brooklyn.

— Você gostaria de fazer um passeio de barco amanhã? — Pergunto depois de guardar meu telefone.

Ela fica boquiaberta para mim. — Você tem um barco?

— Não. — Ainda não, mas comprar um está na minha lista de tarefas. — Meu pai tem um e posso pegá-lo emprestado a qualquer momento.

Ela parece melancólica. — Você e seu pai são próximos?

Eu concordo. — Quando minha mãe faleceu, ele não aceitou bem, então por um curto período quase parecia que eu era o pai e ele, o filho, mas agora tudo voltou ao normal. Ele me leva para pescar e me dá conselhos de vida não solicitados.

O olhar melancólico de Brooklyn torna-se totalmente desanimado. — Não falo com meu pai – ou mãe – há sete anos.

Ah, porra. — Desculpe. Eu não sabia.

Seus olhos brilham. — Não é sua culpa. É deles. O amor deles era condicional e, assim que eu fazia algo que os desagradava, era retirado.

Que porra é essa? Que tipo de pais são esses? Ela está melhor sem eles, se é assim que são. Reprimindo a onda de raiva por ela, aperto sua mão. — A perda é deles.

Ela me dá um sorriso fraco e aponta para o outro lado da rua com a mão livre. — Podemos tomar outra bebida lá?

Amaldiçoe esta área e seus milhões de bares. Realmente não deveríamos mais beber, mas dado o que ela acabou de me dizer, não posso recusar.

— Vou pagar — Ela me avisa.

— Tudo bem — Resmungo. — Mas apenas uma bebida.

— Ou o mesmo volume em shots — diz ela.

Antes que eu possa expressar minha opinião, ela me arrasta até o bar e, uma vez lá dentro, pede quatro doses "para começar".

Bebo três das quatro doses, principalmente para

garantir que ela não fique intoxicada por álcool. Depois que ela pede mais quatro, bebo três de novo, e então dou à bartender uma gorjeta extragrande e sussurro para que ela não aceite mais pedidos de Brooklyn.

Não bebo tanto desde meus tempos de faculdade.

— Você pagou a ela? — Exige Brooklyn. — Concordamos que eu pagaria.

— Ele me deu uma gorjeta — diz a bartender e pisca para mim. — O que significa que você ainda me deve vinte dólares.

Brooklyn entrega o dinheiro, depois pega sua obra de arte e minha mão antes de retomarmos a jornada épica até a Ponte dos Leões.

— Você acha que homens e mulheres podem ser amigos? — Brooklyn pergunta do nada, assim que pisamos na ponte.

Isso é sobre o beijo? Ela está se preparando para me dizer que me quer na zona de amizade? A menos que… — Isso é uma referência a *Harry e Sally: Feitos uma para o Outro*?

Ela aperta minha mão provocativamente. — Talvez.

— Bem, o que *você* acha?

Ela dá de ombros. — Minhas melhores amigas são mulheres, mas acho que, pelo menos em teoria, é possível.

— Se estamos falando de amigos platônicos, acho que poderia ser isso com *algumas* mulheres — digo. — Mas se eu achar uma mulher extremamente atraente, ser apenas amigos seria difícil. — Como *neste* caso. Por outro lado, ela não ficará na Flórida por tempo suficiente para precisar de mim, mesmo como amigo.

— Sim. Acho que se eu achasse o cara atraente, também teria problemas com o platonicismo.

Meus lábios se curvam. — Não acho que 'platonicismo' seja uma palavra, mas se fosse, seriam dezesseis pontos.

— Você está pescando aquela revanche do jogo?

Eu estreito meus olhos para ela. — Eu não preciso pescar. Você concordou. Um acordo é um acordo.

— Por que você está tão ansioso para perder de novo? — Ela tira uma selfie com Evan-papel machê.

— Eu não vou perder. — Pelo menos espero que não.

— É Boone? — Brooklyn pergunta, apontando para um Oldsmobile Aurora surrado parando no meio-fio.

— Sim. — E espero que esse carro sobreviva à viagem para casa.

A boa notícia é que Bonnie está com Boone, o que significa que não tenho escolha a não ser sentar ao lado de Brooklyn, atrás. Para isso, abro a porta para ela.

— Obrigada. — Ela pisca seus longos cílios para mim antes de entrar. — Será uma pena derrotar um cavalheiro assim.

— Em que você o está derrotando, querida? — Bonnie pergunta com seu sotaque característico.

— Palavras-cruzadas — Responde Brooklyn.

— Oh. Boone e eu estamos nos preparando para jogar esse jogo — diz Bonnie e mostra a lacuna onde recentemente perdeu um dente na tentativa de ordenhar uma das vacas de estimação de Calvin.

— Que tal jogarmos usando o aplicativo? — Eu sugiro.

Bonnie está animada, mas Brooklyn parece em dúvida.

Assim que começamos a jogar, me arrependo. A tela está embaçada e olhar para o aplicativo está me deixando enjoado. Pelo menos essa é a minha história: um cara grande e forte como eu não se sentiria tonto com um pouco de álcool. Sem chance.

No momento em que entramos na minha comunidade, Bonnie já nos derrotou e bate palmas de alegria. — Bem, vejam só. Vocês acham que só porque sou tão gostosa, sou estúpida?

— Não tenho certeza quanto a Brooklyn — digo. —, mas acho que teremos que ter uma revanche quando todos os envolvidos estiverem sóbrios. — E não estou admitindo que não estou.

— Você nunca aceita uma derrota, não é? — É o álcool ou Brooklyn sempre tem tanto sarcasmo em seu tom? — Falando nisso, se Bonnie não tivesse vencido, eu teria.

— Isso não é verdade — digo, embora não apostasse minha vida nisso.

— Acho que nenhum homem gosta quando sua mulher ganha dele em alguma coisa — diz Bonnie. — Pelo menos Boone não gosta quando faço isso com ele.

Devo dizer a ela que Brooklyn não é minha mulher?

Além disso, por que a própria Brooklyn não está emitindo a correção?

— Você nunca ganha nada — Boone resmunga.

— É mesmo? — Bonnie se vira para o marido. — Foi você quem previu a corrida da NASCAR do mês passado?

— Você teve sorte.

Os olhos de Bonnie se transformam em fendas. — E a anterior?

— O piloto vencedor era seu primo — diz Boone — e, felizmente, ele vira na minha garagem.

Enquanto Brooklyn e eu saímos do carro, Boone e Bonnie entram em uma de suas famosas brigas de gritos.

— Acho que cheguei. — Brooklyn acena para a casa.

— Claro — digo. — A menos que... joguemos aquele jogo que você me deve.

Os olhos de Brooklyn brilham de excitação. — Estou dentro.

Corremos para dentro e eu coloco tudo na mesa da cozinha enquanto Brooklyn vai "passar pó no nariz", seja lá o que isso signifique.

Harry estala até mim e enfia o nariz molhado na minha perna.

Cara humano. Você voltou. Algum lanchinho seria muito apreciado.

Enquanto preparo a comida para Harry, Sally se esfrega na minha perna.

Nosso malvado captor deveria saber que escapamos deste palácio horrível hoje cedo, mas depois voltamos, caso esta noite seja a noite em que o Grande Gato de armadura brilhante nos resgatará — e dissecará você.

Também dou comida a Sally, depois me viro e vejo que Brooklyn já está sentada à mesa.

— Quer ter sua revanche mais interessante? — Ela pergunta.

Arqueio uma sobrancelha. — O que você tinha em mente?

— Duas palavras. — Brooklyn soluça. — Strip Jogo.

Capítulo Treze

BROOKLYN

O olhar azul-esverdeado de Evan é o oceano antes de uma tempestade. — Dentro.

Ele quer dizer 'dentro de mim'? Se sim, como ele adivinhou que eu queria? Em minha defesa, nosso não-encontro foi tão quente que até uma freira precisaria de calcinhas novas neste momento... a menos que não usasse nenhuma.

— Uma peça de roupa por jogo? — Evan pergunta. — Ou quando atingimos uma determinada pontuação?

— Ambos — digo. — Mas vamos brincar com peças extras para que possamos formar palavras mais longas. Além disso, vamos colocar um limite de tempo no jogo – quem tiver a pontuação mais alta quando o cronômetro tocar, ganha.

— Algo mais?

Eu dito mais algumas regras para ele até que o jogo esteja quase exatamente como eu costumo jogar, mas não conto essa parte para ele. Se existisse um advogado de Palavras-cruzadas, eu seria uma boa advogada. Ah, e isso me dá uma ideia: eu deveria procurar uma maneira de usar a palavra "jurisprudencial" neste jogo, se tiver oportunidade.

— OK. — Ele pesca uma peça de dentro do saco de peças e depois me oferece o saco.

Eu recebo um E no A dele, então ele é o primeiro a ir.

Grr. Mal posso esperar até que ele esteja com menos roupas.

Quando recebo minhas peças, eu as classifico de A a Z, como sempre faço. E ponto para mim! Também tenho uma peça em branco. Talvez finalmente consiga formar a palavra "alfabetização" – sempre quis fazer isso.

Quando começamos, infelizmente, não surge a oportunidade de jogar "alfabetização", mas tenho uma palavra ainda melhor: "psicanalisar".

— Legal. — Fazendo um grande show, Evan tira o sapato.

Droga. Ele está usando meias.

— Covarde. — Olho para as calças dele.

Se eu estivesse sóbria o suficiente para me analisar, pensaria por que estou tão ansiosa por outra pontuação alta. Isso é objetificação de Evan? Ah, ei, "objetificação" seria uma ótima palavra para usar – se ao menos eu conseguisse encontrar as letras. De qualquer forma, tive sorte novamente e obtive uma pontuação enorme em "descaracterizar".

Evan tira o outro sapato com prazer.

Ele está feliz por estar perdendo? Se for assim, eu o descaracterizei.

Voltamos a jogar e Evan de alguma forma consegue uma palavra que nunca vi usada no jogo: "ventriloquia".

Eu estreito meus olhos. — Isso é mesmo uma palavra legal?

Evan aponta para seu cachorro. — *Cara, vocês deveriam aumentar as apostas e jogar pela manteiga de amendoim. Ou cheirar bunda.* — Ele trava os olhos comigo. — O que acabei de fazer foi ventriloquia.

— Certo. — Copiando seu show anterior, tiro o sapato. Eu faço um trabalho decente de tirar os sapatos, eu acho, porque ele olha para o meu pé descalço com tanta fome que você pensaria que era um seio nu.

Jogamos mano a mano por um tempo até que eu diga a ele minha palavra favorita até agora: "desmitologização".

Agora sim. Evan tira a meia, expondo um pé forte e viril.

Hum. Quem me disse que acham os pés dos homens horríveis – Jolene ou Dorothy? De qualquer forma, o pé sexy de Evan está desmistificando ativamente essa afirmação enquanto falamos.

Eu me pergunto: é seguro cavalgar um pé, sexualmente? Ou isso causaria coceira na vagina? Pergunta de amigo.

Utilizando algumas habilidades de gato ninja, Sally aparece na mesa na minha frente e me encara. Droga. Entre isso e todas as reflexões sobre os pés, acidentalmente configurei Evan para "hipnotizabilidade". Talvez eu tenha uma forte hipnotizabilidade e o gato esteja usando isso contra mim para ajudar seu dono.

De qualquer forma, tiro meu outro sapato.

Os olhos de Evan brilham enquanto ele olha para ele.

Duas pessoas podem desenvolver um fetiche por pés do nada? Talvez através do *T. gondii*, o parasita do gato, exceto um diferente que se transmite quando você lambe (ou cavalga) os pés de alguém? Talvez tenha aparecido primeiro no pé de um Pé Grande?

Espere.

Olho para minhas peças e para o tabuleiro.

Ponto! Eu jogo "criptozoologista".

Evan arqueia uma sobrancelha. — O que é isso?

Eu levanto meu queixo. — Uma pessoa que procura criptídeos, que são criaturas como o Yeti e o Monstro do Lago Ness.

Evan desabotoa o botão superior da camisa. — Claro que é.

Por todos os Yetis... Evan desfaz lenta e provocativamente o próximo botão e o abaixo dele.

Luto contra a vontade de arrancar a camisa de seu corpo porque isso não é muito elegante. Depois do que parece ser uma hora de tortura hormonal, ele tira a camisa e a deixa cair no chão.

Uau. Já o vi sem camisa antes, mas é como se ele tivesse ficado mais gostoso e, de alguma forma, ainda mais musculoso. Além disso, é o álcool no meu sistema ou o tanquinho de seis gomos de Evan tem de alguma forma dez seções – cada uma me implorando para lambê-la? Pelo menos o número de peitorais ainda é dois, como esperado, mas eles parecem mais duros do que antes, mais definidos. Até seus mamilos são...

— Tire uma foto — diz Evan com um sorriso malicioso. — Pode durar mais.

Ah. Certo. Estou olhando para ele. A ideia da foto não é ruim, mas eu me acovardo. — Vamos continuar jogando.

A próxima palavra que jogo é "dor". Logo depois é "ardor", com "necessitado" depois disso, seguida de "calor".

Os olhos de Evan brilham enquanto seus lábios se contraem em um sorriso arrogante. — Estou detectando um padrão?

Porra. Eu estava prestes a jogar "sede", mas agora não consigo. "Aflição"? Não, ainda segue o tema que ele está zombando. Com um suspiro, jogo "fungos", o que parece seguro – só que Evan me massacra com "governamentalizar".

Eu dou a ele um olhar semicerrado. — Você me tirou do jogo de propósito.

Ele sorri. — Você está se abstendo?

Eu bufo. — Sem chance. — Então, novamente, tudo que estou vestindo é meu vestido com sutiã e calcinha por baixo.

Seu sorriso desaparece. — Está tudo bem se você quiser parar.

Eu zombo. — E admitir a derrota?

Ele aponta para o boletim de pontuação. — Na verdade, você ainda está na liderança.

— Não. — Se eu parar agora, não sentirei que ganhei. Estou estranhamente curiosa para saber como Evan vai reagir quando meu vestido for tirado, embora também esteja um pouco ansiosa.

A curiosidade vence e eu me levanto, embora um pouco instável.

Evan abre a boca, mas nenhuma palavra sai.

Com o pulso acelerado, deslizo a alça direita do vestido.

Evan é uma estátua em sua cadeira. Apenas seus olhos refletem a tempestade acontecendo lá dentro.

Eu deslizo a outra alça.

Sua mandíbula está tremendo?

Sentindo-me mais ousada, imito seu lento despojamento enquanto me contorço para tirar o vestido e, quando termino, o olhar de Evan é voraz, como um lobo olhando para uma gazela.

Minha pele formiga, meu rosto queima e meu coração bate tão rápido que sinto calor e frio. O que eu estou fazendo? Por outro lado, também me sinto estranhamente bem, poderosa de uma forma estranha.

É por isso que as strippers fazem o que fazem? Por causa dessa sensação? Por outro lado, não seria tão excitante – ou nem um pouco excitante, na verdade – se fosse alguém além de Evan me devorando com os olhos.

Engulo em seco e sento-me à mesa, como se nada tivesse acontecido.

— Tem certeza de que quer continuar jogando? — Evan pergunta, com a voz rouca.

Ótima pergunta. Mais uma derrota e tenho que decidir entre sutiã e calcinha, uma escolha difícil. Mas dane-se. A stripper em mim também está pronta para isso. — Tem certeza de que *você* deseja continuar jogando? — Eu consigo perguntar sensualmente.

Pelo menos eu acho que é sensual. Também pode ser com uma leve censura.

Em resposta, Evan pega um punhado de peças da sacola.

Tudo bem. Vamos fazer isso.

Minha calcinha está úmida. Ela pode ser a próxima peça de roupa – por motivos.

Nós dois jogamos algumas palavras curtas, mas então ele joga uma palavra longa – mas não tão longa que eu tenha que me despir.

Então eu vejo e quase grito de alegria. Outra grande para mim: "reconhecibilidade".

— Boa — diz Evan, e isso claramente custa a ele.

— Você quer se abster? — Eu pergunto, repetindo seu tom anterior.

Com um leve olhar, ele se levanta.

Santa objetificação. Ele lentamente abre o zíper da calça.

Balançando os quadris como se fosse um figurante no *Magic Mike*, ele abaixa a calça.

Estou prestes a desmaiar?

Não. Ainda fico de pé quando a calça sai, então, estou bem consciente da protuberância na boxer de Evan. Uma enorme protuberância. Mais longa e mais dura do que qualquer uma das palavras que jogamos até agora.

Quando ele se senta novamente, a mesa bloqueia a protuberância da minha visão, permitindo-me pensar com clareza.

— Tem certeza de que quer continuar jogando? — Eu pergunto, minha voz mais do que um pouco rouca.

Ele concorda.

Tudo bem. A menos que ele esteja usando um anel peniano por baixo da boxer, ele só tem uma peça de roupa sobrando, enquanto eu tenho duas. Nota lateral: um anel peniano é mesmo uma peça de roupa? Parece mais uma joia para mim. Ou um acessório, como óculos.

Evan joga sua próxima palavra, "paixão".

Hum.

Depois: "fervor".

Espere um segundo.

Quando ele joga "calafrios", eu chamo isso de oficial. — Você está seguindo o mesmo tema que eu.

Ele dá de ombros.

Com as sobrancelhas franzidas, coloco minha própria palavra no quadro, uma muito pouco sexy: "grosseria".

Os olhos de Evan brilham de triunfo. — Certo. Vou quebrar o padrão.

Oh, não.

Sim.

Ele coloca a palavra "permutabilidade" no tabuleiro.

Merda. Permutabilidade é algo que sutiãs e calcinhas não possuem.

Meu batimento cardíaco acelera.

Eu sei que disse que continuaria jogando, mas isso é sério – e não tenho ideia do que tirar. Perder a calcinha normalmente seria pior, mas como estamos jogando sentados, Evan não ficaria olhando para minhas partes íntimas durante toda a rodada seguinte, como faria se meus seios estivessem nus.

— Olha, Brooklyn — Evan diz em tom sério. — Você não precisa fazer nada com o qual não esteja bem.

— Boa tentativa. — Se eu ainda estivesse me sentindo tão ousada quanto antes, eu me levantaria, me viraria para ele, me abaixaria e então deslizaria minha calcinha para baixo – talvez mexendo o tempo todo.

Acontece que não tenho isso dentro de mim, embora minha mente esteja um pouco confusa por causa de todas as bebidas. Em vez disso, deslizo minha calcinha para baixo da mesa como uma covarde e cruzo as pernas. Espero não deixar nenhuma mancha úmida no assento dessa maneira.

Evan me encara incisivamente.

Ah, certo, ele não tem ideia do que eu fiz.

Corando, levanto minha mão e agito minha calcinha como uma bandeira branca sacana.

— Caralho — Evan grunhe.

Isso significa que ele gosta disso? Ou ele nunca viu renda antes? É possível que as mulheres com quem ele namorou nunca tenham se preocupado em usar calcinha.

Com uma falsa calma, pego mais peças e retomo o jogo, rezando para que ele esteja desfocado o suficiente para me dar uma vantagem.

Grr. Não tenho certeza se Evan está tentando mexer com minha cabeça ou algo assim, mas as palavras que ele joga incluem coisas como "bojo", "persuadir", "beliscar" e a menos sutil de todas, "lamber".

Meus mamilos, que graças a Deus ainda estão cobertos pelo meu sutiã, estão duros como pedra.

Ignorando as reações estúpidas do meu corpo, eu jogo palavras aleatórias, espero e me concentro.

É aquela...?

É, sim.

Gritando de alegria, soletro a última palavra do nosso jogo na mesa: "teatralização". Então olho para Evan, sorrindo. — Olha... Você não precisa fazer nada com o qual não esteja bem.

Ignorando minhas palavras, ele se levanta, expondo a protuberância mais uma vez.

Oh, meu Deus.

Ele pega sua boxer. — Você pode se afastar se isso for demais.

— Sim. Não vai acontecer. Eu mereci esse show.

— OK. — Ele puxa a boxer para baixo, renunciando à rotina de stripper.

Quando seu pênis se projeta para fora da prisão, meus olhos se arregalam e me pego apertando o peito, como se tivesse pérolas ali.

A coisa é linda. As palavras "grande" ou "grosso" ou "longo" não fazem justiça. É necessária uma palavra mais longa. Talvez algo adotado do alemão. Algo que ganharia no jogo em qualquer dia da semana. Colocando isso nos termos de Jolene, é como aquela dose gigante de vitamina D que seu médico lhe dá quando seu exame de sangue mostra uma deficiência.

— Então — diz o cara ligado à vitamina D. — Como vencedora, o que você quer?

Obrigando-me a levantar o olhar, limpo a garganta seca. — O que você quer dizer?

— Nunca conversamos sobre o prêmio por vencer este jogo — diz ele. — Não parece que deveria haver um?

Engulo em seco enquanto o suor escorre pela minha espinha. — O que você tem em mente?

Os olhos de Evan brilham e a vitamina D se contrai — sem dúvida criando uma rajada de vento. — Qualquer coisa que você quiser.

O que eu quero? E por que estou me levantando? Espere, por que estou andando em direção a ele? Melhor ainda, para onde vai minha mão? Porque está buscando vitamina D como se não visse a luz solar há décadas.

— Porra — Evan grunhe quando minha mão chega ao seu destino. — Essa é uma ótima escolha.

A vitamina D parece dura e aveludada na minha mão. — Não deveríamos fazer isso.

— Não quando bêbados — diz Evan. — E não com você indo embora em breve.

Eu acaricio a vitamina D para cima e para baixo em seu comprimento. — Estou feliz por estarmos na mesma sintonia. — Com isso, fico na ponta dos pés e inclino meus lábios sobre os dele.

Capítulo Catorze

EVAN

Isso é incrível. Seus lábios são macios e suaves, e quanto à sua pequena mão no meu pau, não tenho palavras.

Ela se afasta, libera meu pau – infelizmente – e então se abaixa, felizmente me dando uma visão majestosa de sua bunda, com apenas um toque de boceta rosa.

Não pensei que pudesse ficar mais duro, mas o que você sabe? Tudo o que quero agora é enterrar meu rosto ali, depois lamber e chupar até que ela grite meu nome...

Espere. O que ela está procurando na pilha de roupas?

Ah. Certo. Ela pega uma das camisinhas que ganhou da garçonete, originalmente para sua obra-prima de papel machê.

— Estou limpa — Ela murmura, olhando para mim.

— Eu também estou. — E com a vasectomia, não

posso engravidá-la, mas não quero entrar nisso agora, então vou usar camisinha, de qualquer maneira.

— Bom saber. — Ela se ajoelha em cima da pilha de nossas roupas. — Isso significa que posso fazer isso.

Segurando...

Caralho. Ela me olha nos olhos enquanto coloca a ponta do meu pau em sua boca.

Como as palavras são difíceis, faço uma espécie de som gutural, semelhante ao de um homem das cavernas, para mostrar minha apreciação.

Ela me desliza mais fundo.

Minhas bolas apertam.

Ela me dá uma lambida sensual e segura as bolas.

Quase caio para trás, em parte por causa do prazer, mas talvez também por causa do efeito do álcool. — Vamos continuar isso no quarto — Consigo dizer depois de me estabilizar.

Ela libera a boca, seus lábios brilhando. — Essa é uma ótima ideia.

Tudo bem. Eu a agarro como se eu fosse um bombeiro e minha casa estivesse prestes a pegar fogo.

Ela grita bem-humorada enquanto eu corro para a cama, mas ela se acalma enquanto eu a deito no cobertor e admiro a vista.

Porra. Este era o começo de quase todos os meus sonhos molhados ultimamente, e agora está acontecendo de verdade.

Nossos olhares se travam. Minha voz é um rosnado baixo e rouco. — Quero ver você.

Ela abre as pernas, revelando a boceta majestosa que vi antes.

Meu pau fica quase dolorosamente duro. — Eu quis dizer 'tire o sutiã', mas isso é ainda melhor.

Corando ferozmente, ela abre o sutiã, revelando seios empinados com mamilos tão rosados quanto sua boceta.

— Você é deslumbrante — digo solenemente e ainda sinto que estou subestimando.

— Obrigada — Ela sussurra. — Você também não é tão ruim.

Já ouvi elogios de mulheres antes, mas nunca me senti tão bem com um como agora. Sorrindo, me junto a ela na cama e beijo provocativamente sua coxa.

Sua pele se arrepia.

Sorrindo em sua carne, coloco um beijo um centímetro mais alto.

Ela fica tensa.

Tenho pena dela e diminuo a distância até sua boceta, onde coloco suas dobras do jeito que estou morrendo de vontade pelo que parece ser uma eternidade.

Sua carne sedosa tem um sabor divino e é deliciosamente quente sob minha língua. Eu poderia passar horas aqui, saboreando isso.

Um gemido escapa de seus lábios.

Deslizo minha língua muito suavemente sobre seu pequeno botão perfeito de clitóris.

Outro gemido é minha recompensa.

— Boa menina — Murmuro sem afastar a boca, e

ela claramente gosta da sensação dos meus lábios vibrando enquanto falo, porque ela arqueia as costas e agarra meu cabelo, me incentivando.

Fico feliz em atender e acelerar as ministrações da minha língua.

Seu aperto em meu cabelo fica mais forte, embora não o suficiente para machucar.

— Goze para mim — Eu canto, criando propositalmente mais vibrações.

Não tenho certeza se são minhas palavras ou o comando, mas ela grita, geme e se debate na cama enquanto está debaixo da minha língua. A sua boceta tem espasmos e contrações, deixando-me louco de luxúria.

Pareço pouco coerente enquanto me movo sobre ela, dizendo com a voz rouca: — Quero estar dentro de você.

É o que estou desejando e não posso acreditar que está prestes a acontecer.

— Sim, por favor — Ela suspira.

Reivindicando seus lábios em um beijo animalesco, finalmente entro nela.

Capítulo Quinze

BROOKLYN

Oh, meu Deus.

Sentir o gosto do hálito de Evan foi a coisa mais quente que me aconteceu em sete anos. Na verdade, foi gozar em sua língua.

Espere, não. A homenagem pertence ao momento em que a vitamina D faz sua grande entrada. Ou, mais especificamente, entra em mim. É tão grande que meus músculos precisam se esticar para se ajustarem, mas quando isso acontece, a sensação de plenitude – e certeza – é assustadoramente boa.

É como se de repente eu tivesse me tornado completa.

Evan empurra para dentro de mim, gentilmente.

Uau.

Ele faz isso de novo, ainda com cuidado.

Grr. A julgar pelo quão voraz é seu beijo, ele está se contendo. Então, eu agarro sua bunda – que é uma perfeição musculosa – e o enfio em mim.

Ele entende minha dica não tão sutil. Oh, que coisa, ele sempre faz isso. Ele penetra em mim com mais força, mais rápido, seus movimentos quase selvagens, e sinto um novo orgasmo se enrolando dentro de mim. Cada músculo do meu corpo fica tenso e arrepios de prazer percorrem minha espinha enquanto manchas brancas pontilham minha visão.

Evan muda seus beijos para meu pescoço enquanto acelera impossivelmente suas estocadas.

Meu corpo inteiro está coberto de arrepios de necessidade, e minhas mãos agarram sua bunda novamente, sem nenhum motivo oculto desta vez, apenas para ter algo em que me segurar.

Me fodendo com mais força, ele chupa meu lóbulo da orelha como se fosse um clitóris.

Eu grito, minhas unhas cravando em sua bunda.

Os olhos de Evan, turvos de luxúria, encontram os meus, e eu caio no limite explosivo.

Sim.

Sim.

Sim!

Com um grito alto e minhas entranhas tremendo por causa da vitamina D, gozo com tanta força que as manchas brancas em minha visão se transformam em supernovas e cada terminação nervosa do meu corpo chia com êxtase elétrico.

Acima de mim, Evan geme de prazer, esfregando-se em mim quando chega ao seu orgasmo.

O resultado é tão suave e nebuloso quanto o sexo foi selvagem. Segurando-me em conchinha, Evan me acaricia enquanto recupero o fôlego. Sinto-me ridiculamente feliz e exausta, então bocejo. Ruidosamente.

Evan ri no meu cabelo. — Meu desempenho te aborreceu tanto assim?

Como ele já parece arrogante, não digo a ele que tenho um caso proverbial de cérebro fodido – ou que seu desempenho foi o melhor que já experimentei, por uma ampla margem. Em vez disso, bocejo novamente.
— Você fez bem. Especialmente considerando que foi a nossa primeira vez.

— Não gosto do som disso — diz ele. — Acho que você me deve outra revanche.

Ele quer fazer tudo de novo? Comigo? O pensamento me enche de lânguida esperança e contentamento enquanto adormeço.

Acordo porque meu telefone de alguma forma se transformou em uma britadeira e suas vibrações infernais estão abrindo um buraco em meu crânio.

Eu verifico o que o dispositivo infernal quer.

Oh. É uma videochamada de Jolene e Dorothy. Acho que conheço duas pessoas com esses nomes, mas não quero falar com elas agora. Ou falar de modo geral.

Pretendo encerrar a ligação, mas acidentalmente

clico em "aceitar" – a destreza dos meus dedos está claramente comprometida.

— Sua vagabunda — Jolene diz em vez de um olá. — Você conseguiu ontem à noite.

Jolene é como aquele garoto de *O Sexto Sentido*, mas no caso dela, ela vê gente recém-fodida?

Falando em recém-fodida, tudo está voltando para mim agora. Bebidas. Strip Jogo. Overdose de vitamina D.

Sangue subindo ao meu rosto, me viro para ver se o dono da vitamina D ouviu o que Jolene disse.

Hum. Evan está desaparecido da cama.

Esquisito. Tenho certeza de que esta é a casa dele.

— Eu te ligo de volta — digo com voz rouca. — Ah, e por favor, pelo amor de todos os deuses das férias, *não* me ligue de madrugada.

— Na verdade, é meio-dia — diz Dorothy na defensiva assim que desligo na cara delas.

Meio-dia? Imediatamente penso em Reagan e começo a ligar para o acampamento. Assim que ouço sua voz alegre e animada do outro lado da linha, suspiro de alívio e desejo-lhe um bom dia, tomando cuidado para não o fazer muito alto.

Depois de nos despedirmos, verifico meu Octothorpe Glorp, meio que esperando que meu teor de álcool no sangue apareça convenientemente na tela.

Minha querida Preciosa, se eu pudesse sonhar, sonharia em ser flebotomista para poder ter acesso ao elixir de cura que é o sangue da sua vida. Eu ficaria feliz em informá-la sobre alcoolemia, ou infecções, ou gravidez indesejada, ou se seu sangue tem gosto ruim. Infelizmente, o elixir não está acessível para mim... pelo menos fora das minhas fantasias.

Hum. Onde está Evan?

— Evan? — Eu grito, mas sai como um sussurro rouco.

Vou até o banheiro e bato.

Sem resposta.

Abro a porta.

O local está vazio.

Talvez isso seja uma bênção disfarçada? Provavelmente não estou em condições de ser vista por Evan ou por qualquer outra pessoa no momento.

Entrando no banheiro, vejo uma escova de dente lacrada que alguém deixou para mim.

OK. Parece que Evan esteve aqui em algum momento no passado recente e pensou em mim.

Isso é legal, mas onde ele está agora?

Depois de escovar os dentes e lavar o rosto, sinto-me acordada o suficiente para enfrentar o elefante no quarto: dormi com Evan.

Mais precisamente, tivemos o que equivale a um encontro, e então ele me deu orgasmos múltiplos.

E eu gostei de tudo. E quero fazer isso de novo. De verdade. De preferência, enquanto estou sóbria, para poder me lembrar de cada pequeno detalhe.

Não. Isso é conversa maluca. Ainda estou aqui apenas de férias, então, no máximo, Evan e eu podemos ter um caso, o que até ontem à noite eu não achava que iria querer.

Mas... não acabamos de ter um caso? Ou é um caso de uma noite neste momento? Existe alguma diferença?

De qualquer forma, que mal faria me esfregar nele um pouco mais?

Eu me olho no espelho com severidade. O dano pode ser imensurável porque dias como ontem podem gerar sentimentos.

E talvez já tenha.

Não. Não posso permitir sentimentos. Mesmo que por algum passe de mágica eu me tornasse natural da Flórida e, portanto, não tivesse mais o status de turista, ainda não contei a Evan sobre Reagan – a parte mais importante da minha vida. Mas se eu contar a Evan que tenho um filho, uma daquelas criaturas que ele odeia, ele fugirá para as colinas, presumindo que ainda não esteja escondido nessas colinas.

Falando nisso, saio do quarto e vasculho a casa.

Tudo o que encontro é Sally, que estreita os olhos para mim no claro equivalente felino da vergonha de uma vagabunda.

— Onde está o seu humano? — Eu pergunto.

Sem resposta.

— Evan?

Ninguém responde.

Uau. É possível que ele tenha feito o clássico caso de uma noite e tenha fugido? Mas você pode fazer isso quando o caso de uma noite foi em sua própria casa?

Talvez. Ele poderia estar me observando através de alguma câmera de segurança, esperando até eu me dar conta e ir embora? Por outro lado, ainda serei seu locatário por um tempo, então me evitar pode ser complicado.

Hum. Brincadeiras à parte, a noite passada poderia ter significado tão pouco para ele? Ele disse que não gostava de aventuras, mas bebeu e tinha um pênis, então...

Meu telefone toca novamente.

É Evan?

Não. São minhas amigas.

Talvez *elas* possam lançar alguma luz sobre isso?

Aceito a ligação, mas digo a elas para esperarem.

Caminhando até a geladeira, tiro o leite, localizo o cereal na despensa e preparo o café da manhã. Se ele realmente está esperando que eu vá embora, não vou facilitar as coisas para ele. Além disso, o café da manhã pode absorver um pouco do álcool que ainda corre em minhas veias.

— Conte tudo — Jolene diz quando finalmente volto para o meu telefone.

— Sim — Dorothy interrompe. Só consigo ver a parte superior de seu rosto na tela, mas ela parece muito curiosa porque suas sobrancelhas estão levantadas e sua testa está enrugada.

— Um segundo. — Levo meu café da manhã para a varanda, presumindo que, mesmo que Evan esteja me espionando, é improvável que ele me ouça lá fora. — Tudo começou quando Evan trouxe um mapa do tesouro — digo, e começo a contar tudo a elas.

— Estou tão orgulhosa — Jolene interrompe

quando chego à parte do quarto. — É assim que você se sente quando Reagan traz para casa uma nota A?

— Sim. Essas são exatamente as mesmas situações — digo revirando os olhos. Mas eu me pergunto: será que Evan me daria um A pela noite passada?

— Por favor, continue — diz Dorothy, sua voz não é exatamente a dela.

— Ei, não é legal — diz Jolene. — Você não pode se masturbar quando sua amiga está contando tudo, não importa o quão sexy seja a história.

Dorothy chega tão perto de seu telefone que só podemos ver uma sobrancelha se mexendo. — Ao contrário de alguns, não me masturbo vinte vezes por dia.

— Quem o faz? — Jolene olha em volta, como se masturbadores secretos estivessem escondidos em sua cozinha. — Pela minha experiência, depois de cerca de dez sessões, a dor se torna um problema real, então, seja quem for a mulher que faz vinte vezes, gostaria de pedir a ela que me desse algumas dicas.

— Quer saber, terminei. — Movo meu dedo para encerrar a chamada.

— Não! — Ambas gritam em uníssono.

— Sinto muito — diz Jolene.

— Eu também — Acrescenta Dorothy.

Certo. Termino minha história entrando em detalhes gráficos no processo. Infelizmente, reviver tudo isso me deixa com calor e incomodada, e desejando muito mais. Logo.

— Mas quando acordei, ele não estava aqui — Concluo. — E não tenho ideia do que isso significa.

— Ele deixou um bilhete para você? — Dorothy pergunta.

— Ou mensagem de texto? — Jolene acrescenta.

Examino meu telefone.

Sem mensagens.

Mas não procurei um bilhete. — Esperem — digo e refaço meus passos pela casa. Não há anotações na cozinha, mas quando volto para o quarto e olho para a mesa de cabeceira, me sinto uma idiota porque lá está, ao lado do Evan-papel machê.

Uma nota escrita em caligrafia masculina.

— O que diz? — Jolene pergunta.

Ótima pergunta.

Com as mãos trêmulas, pego o bilhete.

Capítulo Dezesseis

EVAN

Mais cedo

Apesar da dor nas têmporas, de alguma forma consigo terminar minha aula de surf, torcendo o tempo todo para que as crianças não sintam o cheiro da vodca em meu hálito.

Tal como acontece com o meu negócio Airbnb, faço este trabalho voluntário como uma forma de socializar e manter os pés no chão, mas hoje, graças a uma ressaca assassina, pergunto-me se deveria ter contratado alguém para me cobrir.

Mas não. E se o cara que contratasse fosse algum maluco? Não que a administração do acampamento me deixasse fazer isso. Independentemente de quanto dinheiro eu doei para este lugar, a primeira preocupação deles é a segurança dos campistas.

Enquanto todas as crianças correm para a próxima atividade, Reagan fica para trás.

Harry cheira Reagan como um velho amigo. O garoto tira do bolso um sanduíche de manteiga de amendoim e geleia e o divide, ganhando pontos importantes comigo e com o cachorro.

Eu me pergunto o que ele quer desta vez. Ele brotou cabelo em outro local?

— Olá, Sr. Evan — Ele diz timidamente.

Sorrio para ele de forma tranquilizadora e, de alguma forma, isso faz minha dor de cabeça diminuir. Um pouco.

— Ei, camarada. Me chame de Evan.

— Desculpe… Evan — diz Reagan. — Posso te fazer uma pergunta?

— Claro. — Bebo um pouco de água da minha garrafa na esperança de aliviar o pior da ressaca.

Reagan muda de um pé para o outro, claramente sem saber se deveria perguntar o que quer que seja.

Sério? O que poderia ser? Pelos no peito? O meu só apareceu quando eu tinha vinte e poucos anos, mas talvez...

— O que é anal? — Ele finalmente deixa escapar.

A água sobe pelo meu nariz e tenho que tossir para recuperar a compostura.

É oficial. Não vou mais beber perto desse garoto.

— Que pergunta fascinante — digo quando consigo falar. Para ganhar mais tempo, fecho a garrafa d'água. — Qual é o contexto?

Por favor, não diga pornografia ou...

— Con-o quê? — Reagan pergunta.

— Contexto. Tipo, onde você ouviu isso? Em que frase? Em que circunstâncias?

— Ah. Um dos conselheiros disse isso ao outro — diz Reagan.

Minhas mãos se fecham em punhos. — O que ele disse? — Se eu descobrir que alguém tem tido conversas inapropriadas perto das crianças, eu irei...

— *Ela* disse: 'Sim, verifiquei duas vezes, Brian. Pare de ser tão anal' — diz Reagan, imitando a voz de uma adolescente.

Oh. Minhas mãos se abrem e eu expiro de alívio antes de perguntar: — Você sabe o que significa "contundente"?

Reagan inclina a cabeça. — Detalhista?

Apesar de não saber o que é "anal" ou "contexto", o garoto claramente possui um ótimo vocabulário. — Ela quis dizer algo assim, mas com um componente compulsivo.

Ele parece menos seguro. — Como se você tivesse que ser exigente?

— Tipo isso. Geralmente também há um elemento obsessivo nisso. Como quando alguém gosta tanto de limpeza que força os outros a serem organizados, ou gosta tanto de ortografia e gramática corretas que as corrige para outras pessoas.

— Hum — diz Reagan. — Minha mãe pode gostar de cair dentro desse anal.

É preciso um esforço gigantesco para manter meu rosto impassível. — Você não diz 'cair dentro' antes dessa palavra.

Reagan sorri maliciosamente. — Você está me mostrando um exemplo de anal?

Pirralho inteligente. — Exatamente.

— Obrigado. — Ele sorri para mim. — A propósito, adorei sua lição. Quando eu crescer também quero ser surfista.

Huh. Ele até se parece com alguns dos surfistas que conheço, com seu cabelo comprido e sua atitude incomumente tranquila.

— Tenho certeza de que farei de você um surfista antes do fim do verão — digo.

Seu sorriso cai. — Não estarei aqui até o final do verão. Só mais cinco dias.

Com isso, ele foge, me deixando melancólico sem motivo algum.

— Você está horrível — Meu pai diz quando entro em sua casa com Harry em meus calcanhares, abanando o rabo. — Essas bolsas sob seus olhos têm bolsas.

— Obrigado. — Esfrego os olhos arregalados. — É por isso que vim. Eu quero a sua cura para ressaca.

Depois que mamãe morreu, papai bebeu tanto que se tornou um verdadeiro especialista em curas para ressaca – isto é, até ingressar no AA.

— Ressaca? — A expressão do papai fica preocupada. — Qual foi a ocasião?

Já faz um tempo que ele não perde coisas como aniversários, mas a memória deve permanecer, então posso ver por que ele estaria preocupado. Isso ou talvez ele esteja preocupado que eu comece a exagerar como ele fez.

— Eu só estava fazendo companhia para outra pessoa — digo. — E depois de hoje, acho que vou evitar o álcool por alguns anos.

Papai sorri com conhecimento de causa. — Uma mulher?

— Não é desse jeito. Mas falando nela, é melhor você dobrar a cura.

Ele pega seu liquidificador. — Quem é ela?

Eu suspiro. — Uma turista.

Ele torce o nariz. — De onde?

— Nova York — digo e espero que a ruga do nariz piore.

Em vez disso, papai dá de ombros. — Tenho certeza de que ela tem maneiras de compensar essa falha quase fatal.

Eu sorrio. — Ela joga Palavras-cruzadas.

— Bem. — Ele joga meio saco de espinafre no liquidificador. — Aí está. Só isso significa que ela é para se manter.

Mesmo que ela seja, eu não sou, mas não falo sobre isso com meu pai porque, aos olhos dele, não posso fazer nada de errado.

— Conte-me mais sobre ela — Ele diz.

— Como o quê?

— Ah, não seja assim. Como vocês se conheceram?

Certo. Enquanto ele prepara a mistura, conto como Brooklyn e eu ficamos resmungando um com o outro quando nos conhecemos e como ela quase se afogou.

Quando termino, papai pisca, com os olhos suspeitosamente úmidos. — É estranho — diz ele depois de um momento. — Sua história me lembra muito de como conheci sua mãe.

Eu franzo a testa. — Achei que vocês tivessem estudado no Ensino Médio juntos.

— Certo, e eu derramei produtos químicos nela quando nos conhecemos no laboratório. Ela então jogou um sapo na minha cara.

— E você salvou a vida dela também?

Papai me lança um olhar exasperado. — Eu a tirei do vestido encharcado de produtos químicos, não foi? Isso apesar do lançamento do sapo, veja bem. Também dei a ela minha jaqueta para se cobrir.

— Você tem razão. É exatamente a mesma história.

— E isso significa que ela também é sua alma gêmea. — Papai polvilha gengibre seco no liquidificador. — Do jeito que sua mãe era a minha.

— Achei que você não acreditasse em almas — digo.

Ele me lança um olhar de soslaio. — A 'alma' é apenas uma palavra que descreve o que acontece quando os computadores que são os nossos cérebros fazem a sua computação. De qualquer forma, não preciso acreditar em almas para acreditar em almas gêmeas.

Antes que eu possa refutar esse argumento tão falho, papai aperta o botão "ligar" do liquidificador, fazendo tanto barulho que mal consigo me ouvir pensando. Eu estremeço e aperto minhas têmporas latejantes.

Por um segundo, ele para, mas assim que abro a boca para dizer alguma coisa, ele liga o liquidificador novamente.

— Muito maduro — digo quando o liquidificador finalmente fica abençoadamente silencioso.

Fingindo inocência, papai despeja a mistura espessa em dois potes de vidro, entrega um para mim e cobre o outro com uma tampa.

Lutando contra meu reflexo de vômito, tomo grandes goles da "cura". É preciso esforço para mandá-la para dentro.

Harry me cutuca com o nariz.

— Você não vai gostar — digo a ele.

Harry abana o rabo.

— Certo. — Como é seguro para cães, dou a ele um pouco da minha bebida e ele engole como se fosse a coisa mais deliciosa que já provou. — Vou alimentá-lo de novo quando chegarmos em casa — digo, incapaz de evitar um sorriso que surge em meus lábios.

— Você também deveria comer alguma coisa — diz papai. — Isso funciona tão bem quanto a cura para a ressaca.

Eu concordo. — Eu comi cereal mais cedo. Para o almoço, eu estava planejando fazer comida japonesa para mim e para Brooklyn.

Ao ouvir o nome dela, Harry abana o rabo.

A humana cheirosa? Onde ela está? Não a cheiro há um século.

As sobrancelhas de papai se erguem no alto da testa.
— Você já está cozinhando para ela?

— E daí?

Papai me entrega o pote lacrado. — Cozinhar é a sua linguagem de amor.

— E ler todas aquelas coisas femininas sobre linguagens do amor é a *sua* linguagem do amor — digo e depois estremeço porque não tive a intenção de lembrar papai da mamãe de forma tão casual.

Ela gostava muito dessas coisas.

Felizmente, papai não parece intimidado. — Não acho que você entenda totalmente o conceito — diz ele, bufando.

— Nem você. As cinco linguagens são palavras de afirmação, tempo de qualidade, presentes, atos de serviço e toque físico.

Honestamente, estou apenas arrasando com ele neste momento. Quando mamãe estava no hospital, li o mesmo livro para agradá-la.

Papai incha como um pavão. — Cozinhar é um presente e um ato de serviço. Ler o que seu parceiro gosta é...

— Tempo de qualidade — Eu o interrompo.

Papai suspira. — Se há uma coisa que você herdou da sua mãe é a capacidade de vencer qualquer discussão.

Com isso, eu pego Harry e o outro pote e saio correndo.

— Querida, cheguei — Grito quando entro em casa, com as compras a tiracolo.

Sem resposta.

Hum. Ela ainda está dormindo?

Talvez. Ou talvez ela tenha acordado, decidido que a noite passada foi um erro e fugido daqui.

Droga. Por que esse pensamento me perturba tanto?

Deixando a comida na mesa da cozinha, me preparo e vou procurar Brooklyn.

Capítulo Dezessete

BROOKLYN

"*Vou para meu trabalho de voluntariado, devo voltar por volta do meio-dia*", diz o bilhete de Evan.

Mas já passa do meio-dia.

Onde ele...

— Aí está você — diz Evan, me assustando.

Eu me viro e o observo. E, de repente, algo vibra em meu peito. Essas palpitações cardíacas são um sintoma de ressaca menos conhecido? Além disso, minha calcinha de repente parece úmida e meus mamilos excessivamente sensíveis. A libido de adolescente é outro efeito colateral do consumo excessivo de álcool?

— Como vai? — Evan pergunta suavemente, me estudando.

Eu estremeço. — Você tem uma guilhotina?

Ele me mostra o pote que está segurando. — Beba. Isso me ajudou tremendamente.

Hum. Se isso for parecido com o cataplasma para queimaduras solares, é melhor tentar.

Cautelosamente, me aproximo dele e pego o pote. Ele novamente cheira sedutoramente a cera e a oceano salgado, com um toque de carambola. Minha cabeça já estava girando, mas a proximidade de seu corpo grande e masculino torna tudo – junto com a umidade em minha calcinha e a situação dos mamilos – muito pior.

Quando pego o pote, nossos dedos se tocam e tenho um flashback da noite passada, aqueles mesmos dedos por todo o meu...

— Não cheire — Evan avisa. — Basta engolir.

— Aposto que você diz isso para todas as garotas. — Ignorando as reações indisciplinadas do meu corpo, desenrosco o frasco.

Se você colocasse queijo fedorento em uma pilha de compostagem, um ano depois o conteúdo teria gosto e cheiro muito parecido com este pote. Mas, ei, depois que tomo um gole, minha libido se acalma.

— Eu sei que é ruim — diz Evan. —, mas minha dor de cabeça passou.

— Este pode ser o caso de a cura ser pior do que a doença. — E, ainda assim, me forço a tomar outro gole.

Harry entra e me olha comprido.

— Você é um esquisito — Evan diz a ele antes de se virar para mim. — Alguma chance de você compartilhar um pouco com ele? Ele experimentou antes e claramente gostou.

Enfio o dedo naquela coisa horrível e deixo Harry

lamber, o que o cachorro faz com entusiasmo ganancioso.

Huh. Acho que se cheirar bundas é a ideia de diversão, a barra para o que é nojento é um pouco menor que a minha.

— O que agora? — Pergunto quando o pote está quase vazio e não consigo nem me imaginar tomando outro gole.

— Harry fica com o resto — Evan diz com um sorriso. — Enquanto isso, que tal você e eu almoçarmos?

— Claro. — Não sinto muita fome, mas mais comida deve ajudar com a ressaca.

Esperançosamente.

Além disso, sentar para comer pode nos dar a chance de discutir a noite passada. Tipo, o que isso significa?

Vamos para a cozinha e observo fascinada Evan preparar a comida para nós dois mais uma vez. Ele parece extremamente sexy enquanto faz isso.

Quando a refeição fica pronta, provo-a sem realmente prová-la, mas, mesmo assim, elogio o chef.

— Então — digo, sem saber como trazer à tona o assunto de ontem. — A caça ao tesouro foi certamente engraçada. Certo?

Grr. Isso foi patético.

Mas, ei, Evan sorri, então isso é alguma coisa. — Realmente foi — diz ele. — E se você não estiver com muita ressaca, gostaria de continuar. Talvez ir até Marianna?

Então é assim que ele quer jogar? Evitando o assunto.

Ele me olha preocupado. — É muito cedo?

— Acho que posso ir — digo. — Mas nada de beber.

Evan estremece. — Nem mesmo se eu tivesse uma arma apontada para a cabeça.

— Você acha que pode dirigir bem devagar? — Eu pergunto. — Um solavanco na estrada pode fazer meu cérebro explodir.

— Serei como aquela música — diz ele. — Um Operador Sutil[1].

Uma música sobre um homem que é bom em lidar com mulheres? Evan está me dando uma dica sobre a noite passada?

Enquanto comemos, não me atrevo a perguntar e ele não responde voluntariamente. Em vez disso, simplesmente aprendemos mais um sobre o outro – e o mesmo acontece no caminho para o nosso próximo destino no mapa do tesouro.

Descubro quem foi o primeiro beijo de Evan e ele fica sabendo sobre Brian, o show de terror que foi meu primeiro namorado. Conto a ele sobre minhas amigas, e ele me conta sobre os dele, assim como sobre seu pai.

Durante toda a viagem de carro, fiquei pensando que, se quisesse confessar tudo sobre Reagan, esta seria a oportunidade perfeita, mas não consigo fazê-lo.

— Por que aqui? — Evan pergunta quando paramos

---

1. Smooth Operator, de Sade (1984)

no estacionamento perto da entrada das famosas cavernas.

— Porque uma das pistas foi o ano em que o refrigerante foi inventado — Explico.

Evan arqueia uma sobrancelha.

Eu suspiro. — Este lugar tem algo chamado Sala Canudo de Soda.

— Ah.

Evan nos oferece um tour privado para ter certeza de que podemos fazer a investigação uma vez no subsolo. Nosso guia turístico, com seu cabelo longo e desgrenhado, parece exatamente com um Puli... ou Reagan, aliás.

Na verdade, não. Reagan não se parece em nada com um Puli. Na verdade, ninguém criou um cachorro fofo o suficiente para se comparar ao meu filho. Se algum dia o fizerem, ganharão bilhões.

Saí do meu devaneio assustada com o tom estrondoso do guia turístico. Olho para Evan. Mais uma vez, sinto que estamos em um encontro – e um encontro legal. Entre o ar fresco do subsolo, o gotejar de água e as majestosas estalactites e estalagmites, eu meio que espero ver os anões de Tolkien ao virar da esquina – e adoro cada segundo disso.

O problema é que, quando chegamos à Sala Canudo de Soda (assim chamada por causa de todas as estalactites tubulares), não há pistas em lugar nenhum – e olhamos com atenção.

— Talvez vocês queiram conferir alguns de nossos

outros lugares famosos? — O Puli sugere quando desistimos e parecemos desapontados.

Não custa nada verificar, então deixamos que ele nos leve enquanto explica como se chama cada lugar e por quê. O passeio acabou sendo incrível, é claro, mas, novamente, nenhuma pista foi encontrada na Sala Grande, na Sala das Cortinas ou em qualquer outro lugar.

— Pronta para desistir? — Evan pergunta quando o Puli nos leva de volta à loja de presentes. — Ou devo reservar outro passeio?

—Não. Isso é Flagler College de novo. Estou começando a achar que você escolheu a pessoa errada para ajudá-lo na caçada.

Evan balança a cabeça. — Você está se saindo muito melhor do que eu. Além disso, temos mais dois locais para conferir.

— Justo. — Saio e espero Evan se juntar a mim.

— Como está sua dor de cabeça? — Ele pergunta depois de sair. — Não tenho certeza se foi o ar da caverna, a cura de papai, a comida ou simplesmente o tempo, mas a minha desapareceu completamente.

Huh. — A minha também se foi.

— Ótimo. — Ele gesticula para longe. — Você sabia que pode alugar caiaques nas proximidades?

— Pode? — E por que esse assunto está fazendo meu coração palpitar?

Olho para o meu rastreador como se estivesse verificando a hora, mas na verdade é para ver se minha frequência cardíaca está elevada – e está.

Minha querida Preciosa, seu coração é uma maravilha de duzentos mililitros neste universo de loucura e escuridão, e eu grito em êxtase com cada bomba deliciosa.

— Sim — diz Evan. — Existem caiaques e barcos. E não tenho certeza se te contei isso, mas adoro caiaques… só que ninguém quer andar neles comigo.

Aí está. Até agora, eu poderia dizer a mim mesma que estávamos em uma caça ao tesouro, mas se fizermos *essa* atividade, vai parecer muito mais um encontro – então, devo dizer não. Certo? Mas vim para cá de férias e sempre quis experimentar a canoagem, então digo a Evan que ficaria feliz em me juntar a ele.

— Sim! — Evan está tão empolgado que começo a me perguntar se ele realmente quis dizer isso quando disse que ninguém quer ir com ele.

De qualquer forma, ele pega o caiaque e senta na frente.

Oh, cara. Mesmo com o colete salva-vidas por cima da camiseta, posso ver seus músculos trabalhando enquanto ele rema, o que me distrai seriamente da vegetação e das águas calmas. Mesmo assim, sinto-me desestressada, todas as tensões – exceto a sexual – deixando meu corpo a cada golpe dos remos.

Logo, avistamos uma lontra. E depois disso um peixe-boi – sem falar em várias tartarugas e pássaros diferentes.

— Eu adoro andar de caiaque — digo quando terminamos. — Quem diria?

Evan sorri para mim. — Fico feliz em ouvir isso.

— Minhas amigas – aquelas que me reservaram

estas férias – ficarão muito felizes em saber que consegui relaxar adequadamente. — E elas vão insistir que Evan merece uma recompensa por fazer isso acontecer. Uma recompensa obscena.

— Mas o dia ainda não acabou — diz Evan. — Quer conferir alguns pontos turísticos locais?

Ele começa a andar animado antes mesmo de eu concordar, e quase agarro sua mão enquanto passo ao lado dele. Felizmente, paro porque – pela milionésima vez – isto não é um encontro real.

A menos que seja? Não faço ideia, mas logo estou me divertindo demais para me preocupar com o status do nosso relacionamento, e só volto a esses pensamentos no caminho de volta.

— Como você se sente em comer fora em algum lugar legal no caminho? — Evan pergunta e depois lista algumas opções, todas muito sofisticadas.

Comer em algum lugar legal? De novo?

É isso.

Eu não consigo mais segurar.

— Estamos em um encontro?

Capítulo Dezoito

EVAN

— Estamos em um encontro? — Brooklyn pergunta.

Que ótima pergunta – e como é típico de um nova-iorquino ir direto na jugular.

A verdade é que tenho ruminado nisso, como as vacas de Calvin fazem com as algas marinhas que chegam à praia. Alguma coisa nas algas faz com que elas não peidem, mas não tenho certeza se tenho algo a mostrar pelos meus esforços ruminatórios, porque estou tão despreparado para a pergunta de Brooklyn agora quanto estaria esta manhã.

Bem, exceto por uma coisa.

Percebi que a quero, apesar de todos os motivos para não ficarmos juntos.

Eu a quero muito. Eu a quero na minha cama. Eu a quero em minha vida. Quero levá-la para mais lugares novos, para poder ver aquela expressão animada em seu rosto. Para não mencionar...

— Vou considerar o seu silêncio como um não — diz Brooklyn.

Grr. Pego a primeira saída que vejo, entro no estacionamento do restaurante mais bonito da região e fico de frente para ela. — Você está errada.

Ela pisca para mim. — Estou?

— Eu gostaria de sair com você.

Enquanto ela pisca os cílios para mim, não posso deixar de notar como eles são lindos. — Pensei que você não saísse com turistas — diz ela.

Bom ponto. — Mas sempre posso abrir uma exceção para alguém que é *tão* boa em Palavras-cruzadas.

Sério, estou tendo dificuldade em lembrar por que criei essa regra estúpida. De certa forma, ter um limite de tempo para o relacionamento significa que não preciso contar a Brooklyn sobre minha vasectomia e, portanto, ver a decepção no rosto dela. O limite de tempo também significa que ninguém deve se machucar. Especialmente se...

— Então... é um caso? — Ela esclarece.

— Caso? — Sim. Por que a palavra traz à minha boca o gosto da cura para ressaca? — Temos que colocar algum rótulo nisso? Vamos apenas jantar. — Eu gesticulo para o lugar.

— OK. — Ela abre a porta do carro. — Vamos apenas jantar.

Depois que nos sentamos, o garçom vem até nós e suspira. — Não vou lhes dar nenhum cardápio.

Hum. Esquisito.

— Por que não? — Brooklyn pergunta.

— Só temos ingredientes para um único item: um hambúrguer. — Ele cruza os braços sobre o peito. — Antes que você pergunte, isso não significa cheeseburger, ou hambúrguer de frango, ou hambúrguer de peixe, ou hambúrguer vegetariano. Apenas um hambúrguer de carne bovina, com batatas fritas. É isso. Sem bacon. Não...

Brooklyn e eu trocamos olhares confusos.

— Você quer um hambúrguer? — Eu pergunto a ela, parecendo incerto.

— Você quer? — Ela pergunta.

— Claro. — Não quero, mas não quero começar este jantar sendo um idiota com o garçom... mesmo que pareça que ele merece.

— Dois hambúrgueres — diz Brooklyn. — Você tem ingredientes suficientes para dois, certo?

Oh, sim. Ele fez aquele hambúrguer parecer bastante singular antes. Essa atenção aos detalhes é a razão pela qual Brooklyn é tão boa no jogo.

— Podemos fazer mais dois hambúrgueres — diz o garçom, mas não parece ter muita certeza. — Eles terão que ser sem alface ou tomate. Ah, e só sobrou um picles.

Caramba. É tarde demais para...

— Tudo bem compartilharmos o último picles — diz Brooklyn. Quando o garçom sai, ela sussurra: — Não parece que estamos em apuros?

Olho para uma mesa próxima, onde o garçom está trazendo comida para uma senhora mais velha - um hambúrguer, é claro. Assim que ele sai, ela tira uma fatia de queijo americano da bolsa e enfia furtivamente embaixo do pão.

— Uau — Brooklyn sussurra, seguindo meu olhar. — Eles carecem de queijo e outros apetrechos com tanta frequência que os clientes regulares trazem os seus próprios.

Eu me inclino. — Ou isso ou esta senhora carrega queijo aonde quer que vá.

Brooklyn também se inclina em minha direção. — Eu teria trazido um tomate no lugar dela.

Uau. Estamos tão perto que me sinto preso pelo campo gravitacional dela. De novo. Meus olhos se concentram em seus lábios e sou lentamente atraído em direção a eles. Mas antes de chegar ao meu destino, Brooklyn se afasta com uma risada.

— Acabei de perceber que fiz parecer que quero que usemos aquela senhora como mula — diz ela. — Obrigando-a a esconder um tomate nos sapatos.

Eu sorrio, parcialmente para esconder minha decepção pela privação do beijo. — Aguardo alguns dias antes que o garçom comece a verificar se há contrabando nos sapatos de todo mundo.

Brooklyn bufa, mas antes que eu possa fazer mais piadas às custas do garçom, ele volta com dois pratos.

Ei, uma vantagem de não haver escolhas é que o único item que eles têm sai muito rápido. E cheira bem.

— Posso ter um garfo? — Brooklyn aponta para as batatas fritas em seu prato.

— Não temos garfos — Afirma o garçom.

— Hmm — diz Brooklyn. — Você tem um spork ou uma colher?

— Não temos colheres — diz o garçom. — E nada de sporks.

Brooklyn suspira. — Tudo bem, eu acho.

Quando o garçom sai, ela pergunta: — Ainda vamos dar gorjeta para aquele cara?

— Segure esse pensamento — digo. — Há perguntas melhores que precisam ser respondidas primeiro.

Ela revira os olhos. — Deixe-me adivinhar: quem come batata frita com garfo?

— Oh, essa terá que esperar a sua vez — digo com um sorriso. — Estou muito mais curioso para saber o que você teria feito com uma colher.

Seus ombros balançam. — Não gosto de meus dedos melecados. Processe-me.

— Mas uma colher...

— Pode-se comer em pedaços — diz ela. — Se você estiver disposto a misturar as batatas fritas, claro.

— Que nojo. Certo. E o hambúrguer?

Ela endireita a coluna. — O que tem ele?

— Você segura o hambúrguer nas mãos ou come com garfo, feito um tarado? E como você comeria com uma colher?

Com um olhar semicerrado, ela pega o hambúrguer e dá uma grande mordida.

— Muito maduro — digo e sigo seu exemplo.

Uau. É um hambúrguer bom e suculento.

Ela deve gostar também porque arqueia uma sobrancelha para mim antes de pegar um punhado de batatas fritas e enfiá-las depois do hambúrguer, com os dedos pingando gordura. — É isto o que você queria? — Ela pergunta.

— Hum. É estranho que seja realmente sexy?

— Muito — Ela diz.

— Ah, bem. É isso. — E não estou mentindo nem um pouco.

Sorrindo, ela devora a comida e pede licença para lavar a gordura das mãos.

Visito também o banheiro masculino, imaginando que, como ela é contra gordura, é melhor eu me livrar da minha para não a enojar quando tocá-la. Espere, o que estou dizendo? Você não quer mãos gordurosas em geral.

Quando volto para a mesa, Brooklyn está lá, e a conta também.

Eu suspiro. Ela contribuiu com metade do dinheiro.

— Sei que não estamos colocando rótulos nas coisas — digo —, mas dissemos que era um encontro – e quando saio com alguém, insisto em pagar.

Sua expressão se torna rebelde. — E quando será a minha vez de levar você?

Grr. Eu não ia fazer isso, mas como estamos em um encontro depois de passarmos a noite juntos, é melhor deixar isso claro.

— Prefiro que nunca seja a sua vez — digo —, mas não porque estou tentando ser um desses caras. É mais porque quero levar você a lugares caros que têm mais do que hambúrgueres no cardápio, lugares que seriam triviais para eu pagar, mas que podem custar *sua* carteira.

Ela bufa. — Quanto você ganha com esse Airbnb?

— Não é só isso — digo. — Ou a terra que possuo. Meu avô também me deixou dinheiro, dinheiro que investi em ações da Octothorpe num momento muito oportuno.

Com a testa franzida, ela mostra seu pulso fino para mim. — Eu tenho um Octothorpe Glorp.

— Ah. Sim. A Octothorpe também fabrica muitas outras tecnologias — digo. Então, caso ela não tenha ouvido, acrescento: — As ações deles cresceram exponencialmente depois que a empresa abriu o capital. Eles valem mais do que Apple, Google, Amazon e Microsoft juntos. E eles deram aos primeiros investidores sua criptomoeda como...

— Você é super rico? — Ela pergunta, com os olhos arregalados.

Eu dou de ombros. — O que é considerado super rico?

A contragosto, ela pega seu dinheiro. — Um milionário?

— Não tenho certeza se ainda sou milionário. Não depois da recente mudança de mercado. — Pego meu telefone para verificar meu portfólio. — Sim. Aparentemente, acabei de entrar em território bilionário.

Ela deixa cair as notas que pegou. — Um bilionário?

A senhora do queijo olha incisivamente em nossa direção.

Eu me mexo no assento desconfortavelmente. — Por que não aproveita e posta nas redes sociais?

— Desculpe — Brooklyn diz com uma voz mais suave. — Estou apenas envolvendo meu cérebro em torno disso. Sem ofensa, mas você não parece nem um pouco bilionário.

Certo. Ela pensou que eu era encanador. Provocadoramente, pergunto: — Tenho que comprar um jato particular obrigatório para você acreditar em mim?

— Ou uma limusine — Ela diz. — Ou uma mansão.

Pego o dinheiro dela e o devolvo. — Eu te disse. Eu quero uma vida simples. Uma fazenda à beira-mar. É sobre isso.

— Isso é loucura — diz ela. — Como pode alguém que tem todo esse dinheiro não querer gastá-lo?

— Eu gasto — digo — Eu doo para causas em que acredito. Sempre que meu pai ou eu queremos alguma coisa, compro o que quer que seja, sem pensar duas vezes. Acho que ele e eu realmente não precisamos de muito para sermos felizes, mas acredito que isso vale para todos os outros também. Uma pessoa só precisa de uma renda mínima básica para pagar todas as suas contas e fazer seus hobbies e coisas assim, mas depois disso, mais dinheiro não adianta muito. — Respiro fundo antes de admitir em voz mais baixa: — Nenhuma quantia foi capaz de salvar minha mãe.

Merda. Por que eu insisti?

Há pena nos olhos de Brooklyn, o que não era minha intenção. Mas, então, ela cobre minha mão com a dela, e isso é bom. Isso me tira do medo temporário em que entrei.

— Então. — Eu limpo minha garganta. — Você finalmente me deixará pagar pelos encontros em que eu te levar?

Ela assente. — Mas com uma condição: você tem que me deixar cuidar de seus animais de estimação como forma de agradecimento.

Eu estremeço. — Claro, mas apenas Harry. Sally abriria suas veias se você tentasse.

Ela se senta. — Deixe que eu me preocupe com Sally.

— Essas — Deixo cair um maço de dinheiro na mesa — são últimas palavras famosas.

— Estou curiosa sobre uma coisa — diz Brooklyn quando começamos a dirigir. — Mas não é uma pergunta educada.

Eu olho para ela. — É educado provocar alguém do jeito que você está fazendo agora?

— Certo. Você é atraente.

— Obrigado — digo com um sorriso.

— E obscenamente rico — Acrescenta ela.

— E? — Acho que sei onde isso vai dar.

— Como é que você está solteiro? — Ela pergunta, confirmando minha suspeita. — Quando penso em 'bilionário', penso numa 'garota acompanhante'.

Eu sorrio. — Como você.

— Estou falando sério — Ela diz, mas não parece muito séria.

— O fato de eu ser rico não é realmente uma variável quando se trata da minha vida amorosa — digo. — Não compartilho esse fato com muitas pessoas em geral, mas especialmente com as mulheres.

Exceto esta.

Mais uma vez, ela olha para mim como se eu tivesse crescido um pau fora do local habitual. — Por que não?

— Não estou interessado em mulheres que desejam um homem pelo seu dinheiro — digo.

— Oh. — Ela coça a cabeça. — Acho que isso faz sentido.

Devo contar a ela sobre minha incapacidade de dar um filho a alguém? Duvido que uma chance melhor se apresente. — Por que está solteira? — Eu pergunto em vez disso. — Você é inteligente, engraçada, atraente e...

— Não tente mudar de assunto — diz ela.

— O mesmo para você.

— Esqueça. Acabei de descobrir por que você está solteiro. Você é um idiota.

— Huh. Acho que é o oposto para você.

Sua sobrancelha faz a pergunta óbvia.

— É por sua bela bunda que não consigo acreditar que você está solteira.

Ela ri, mas desvia a conversa, o que está ótimo para mim. Em vez disso, quando chegamos à minha comunidade, descubro que ela descreve as pessoas em termos de raças de cães com as quais se parecem, e contei-lhe como posso facilmente ficar irritado pela fome – caso em questão, no nosso encontro inicial.

— Sim, eu fico assim quando estou menstruada — Ela deixa escapar enquanto paramos na minha garagem. — Que foi o caso naquele dia.

Oh. — Isso explica as coisas.

Seus olhos ficam semicerrados. — O que isso deveria significar?

Estaciono o carro, pulo e abro a porta para ela. — Estou brincando.

Ela pega minha mão estendida. — Eu também.

Quando nos tocamos, uma montagem dos acontecimentos da noite passada passa diante dos meus olhos (ou é meu pau?), e fico instantaneamente duro.

— Então. — Brooklyn olha para a casa alugada e depois para a minha casa. — O que acontece depois de um encontro sem rótulos?

— Isto. — Eu reivindico seus lábios com um beijo.

Capítulo Dezenove

BROOKLYN

Oh, meu Deus. Achei que era por causa da vodca que beijar Evan ontem à noite parecia algo fora deste mundo. De que outra forma poderia ter sido tão bom? Mas hoje estou totalmente sóbria e este ainda é o melhor beijo da minha vida. Um beijo destruidor também, o que é péssimo porque rótulos ou não, seja lá o que for que não estamos rotulando, vai ser curto.

Depois do que parece ser uma hora de felicidade, me afasto e olho para Evan com expectativa. Por um lado, quero ser convidada, mas por outro, eu...

— Você ainda quer cuidar de Harry? — Evan distraidamente toca seus lábios.

Huh. Eu me recomponho, pois parece que sou necessária em termos profissionais.

— Eu quero cuidar de Harry *e* Sally.

Ele balança a cabeça. — Só o cachorro. Você não precisa de outra viagem ao hospital.

— Que tal eu cuidar de Sally amanhã e Harry hoje? — Eu sugiro. Sim. Ótima ideia. Isso me dá mais tempo para lidar com Evan esta noite, se for o caso.

— Fechado. — Evan agarra minha mão e me leva em direção à porta da frente, o que me faz sentir muito derretida na região da calcinha – algo que nunca senti antes de cuidar de um animal de estimação.

Quando a porta se abre, Harry nos cumprimenta com entusiasmo.

— Ei, camarada. — Evan solta minha mão e bagunça o pelo de Harry. — Você está prestes a receber um presente.

Ah. O cuidado, certo. Esse foi o pretexto para vir. — Como você costuma lavar Harry? — Eu pergunto a Evan.

Evan sorri. — Mangueira, lá fora. Ou um daqueles chuveiros na praia. Mas ele considera o banho um prêmio, então, acho que essa pode ser a melhor opção neste caso.

Ah, sim. Banho. — Quer me ajudar?

Evan assente. — Vamos, amigo, vamos tomar banho.

Harry está tão feliz que você pensaria que Evan lhe contou que acabou de herdar uma fábrica de manteiga de amendoim.

Assim que colocamos Harry na banheira e ligamos o chuveiro, o cachorro parece feliz – mas então ele faz uma sacudida na qual sua espécie é tão boa.

Evan ri. — É por isso que não faço isso com frequência.

Sim. Evan e eu agora estamos molhados, eu em vários sentidos da palavra, cortesia dos músculos salientes de Evan aparecendo através de sua camisa molhada. Minha camisa está encharcada e, portanto, transparente, o que Evan percebe claramente e fica feliz em ver. Isso, ou ele deve trazer uma lanterna bem grande para todas as sessões de cuidados com animais de estimação.

Rangendo os dentes, faço o possível para permanecer profissional enquanto prossigo com o banho.

Não. Isso não chega nem perto de ser profissional. Evan é tão adorável com seu bebê peludo que me faz pensar na única coisa que Reagan nunca experimentou: ter um pai. E imaginar Evan no papel de pai é uma péssima ideia.

Nota para mim mesma: evite fazer essas porcarias domésticas com casos ou caras com quem você está fazendo coisas sem rótulos. É verdade que esta é uma nota bastante inútil, porque normalmente não estou interessada em aventuras ou coisas sem rótulo.

Quando o banho termina, mas antes que possamos enxugá-lo adequadamente, Harry corre pela casa como se estivesse pegando fogo em vez de molhado, e Sally observa suas travessuras com uma expressão sinistra que parece dizer: "Vá em frente. Tente me molhar. Veja o que acontece."

Hum. Sally poderia ser imune aos meus truques para gato? Que seja. Por enquanto, preciso terminar de lidar com Harry, então, com a ajuda de Evan, eu o pego e começo a desembaraçar seu pelo.

— Uau — Evan diz quando consigo livrar Harry de um chiclete que ficou preso em seu pelo, pelo que parece há um ano. — Você é a melhor tratadora que já conheci.

Ei, talvez valha a pena me fazer cheirar como um cachorro molhado. — Harry parece estar livre de qualquer parasita. Quer me ajudar a cortar as unhas dele?

Evan concorda, então fazemos a manicure e pedicure de Harry e depois escovamos os dentes juntos.

— Seu hálito tem um cheiro incrível — Evan diz depois.

— Obrigada — digo.

— Eu estava conversando com Harry — Evan diz com um sorriso —, mas o seu cheira ainda melhor.

Antes que eu possa responder, Harry decide que o elogio é uma ótima desculpa para dar um beijo de cachorro em Evan.

Ei. Injusto. Eu tive a mesma ideia. Embora talvez com menos língua.

Terminando de ir para a segunda base com seu cachorro, Evan me olha timidamente. — Vou escovar os dentes… só para garantir.

— Eu não acho beijos de cachorro nojentos. — Para provar meu ponto, deixo Harry dar um em mim.

— Bem — diz Evan —, eu meio que quero, então...

— Isso veio do cara que me deu uma bronca sobre mãos gordurosas?

Evan revira os olhos. — Vou escovar meus dentes. Você não precisa.

— Não, eu vou — digo magnanimamente.

— Obrigado. — Evan acena para eu segui-lo e me leva até seu quarto.

Quando avisto sua cama, meu coração pula algumas batidas.

Entramos juntos no banheiro e escovamos os dentes – outra pitada de domesticidade que faz algo doer em meu peito.

Droga. Como alguém pode escovar os dentes de maneira tão sexy? Dado o propósito da atividade, você pensaria que seria, no máximo, utilitária.

Com esforço, me concentro em cuidar dos piolhos de cachorro na minha boca, mas não consigo evitar o olhar de Evan no espelho algumas vezes. Um olhar difícil de decifrar.

— Posso usar seu chuveiro? — Faço um gesto para minhas roupas molhadas. — E talvez conseguir algo para vestir?

Desta vez, a expressão de Evan é muito mais clara. — Claro... — Sua voz é rouca. — Você precisa de ajuda para ensaboar as costas?

Antes que eu possa dar a devida consideração, minha cabeça já está balançando afirmativamente.

Sorrindo torto, Evan começa a se despir do mesmo jeito vistoso que fez ontem depois de perder no jogo.

De boca aberta, assisto ao show até o fim, onde a Vitamina D faz seu grande retorno.

— Sua vez. — Evan se vira e se aproxima do chuveiro.

Oh, meu Deus. As costas poderosas e a bunda musculosa de Evan são de dar água na boca. E de molhar também outras partes.

Evan liga o chuveiro.

Percebo que não pisquei esse tempo todo, então me permito piscar lentamente, como um gato.

Evan se vira para mim e franze a testa. — Olha, Brooklyn, se você não quiser...

Arranco a camisa do corpo com tanta pressa que você pensaria que era ácido e não água em que estava encharcada.

À medida que tiro o resto, os olhos de Evan ficam cada vez mais nublados. Depois que deslizo minha calcinha, ele diminui a distância entre nós e me dá outro beijo alucinante. Então, sem soltar meus lábios, ele me leva para o chuveiro.

Quando a água quente atinge minha pele, os hormônios tornam as coisas um pouco nebulosas pelos próximos segundos. Definitivamente, há muitas mãos ensaboadas por todo o meu corpo: uma no meu seio esquerdo, a segunda na parte inferior das costas, a terceira entre as minhas...

Espere. Terceira?

Ah, certo. Sou eu, pressionando firmemente meu clitóris.

— Isso mesmo — Evan canta. — Faça você mesma gozar para mim.

Não tenho certeza se são as palavras dele ou a energia sexual reprimida provocada por estar perto dele por tanto tempo, mas um orgasmo poderoso explode em meu âmago, fazendo minhas pernas tremerem. Felizmente, Evan está lá para me segurar.

— Bom trabalho. — Ele coloca minha mão na parede de azulejos à minha direita. — Certifique-se de não cair.

Sim. Boa ideia. Espere, onde ele está...

— Eu quero te provar. — Ele arrasta a língua pelo meu corpo enquanto fica de joelhos.

Ah, porra.

Ele segura minha bunda enquanto sua língua passa sobre meu clitóris ainda hipersensível.

Agarro a parede de azulejos com toda a força e agarro o cabelo de Evan com a outra mão para me manter estável.

— Simplesmente assim — Ele canta em minha boceta, e as vibrações me levam à beira de outro orgasmo.

Estou quase lá quando Evan diminui a velocidade. Então ele acelera.

— Não — Suspiro. — Não provoque! — Eu o puxo para onde eu quero, e, cara, ele entende a mensagem. Achatando a língua, ele a pressiona contra meu sexo e me puxa em sua direção, os dedos cavando minha bunda.

— Porra — Gemo enquanto convulsiono em sua boca.

Ele se levanta novamente. — Agora eu realmente deveria ensaboar suas costas.

Oh? Quando Evan fica atrás de mim, a vitamina D me cutuca de maneira muito intrigante na nádega esquerda. Então, Evan começa a ensaboar minhas costas, tornando isso oficial: qualquer lugar que ele toca se torna uma zona erógena.

Quando termina nas minhas costas, Evan volta sua atenção para minha bunda – o que é incrível... pelo menos até que um dedo ensaboado circula suavemente bem no meio.

— Você gosta disso? — Ele sussurra em meu ouvido.

— O quê? — Eu suspiro.

Ele desliza a ponta do dedo na abertura das minhas costas. — Isso?

— Não sei. — Estou intrigada, mas assustada ao mesmo tempo. — Mas eu nunca fiz anal, se é isso que você está perguntando.

Até essas férias, eu não achava que sequer consideraria isso, mas algo em Evan traz à tona a aventureira que há em mim. Caso em questão: até ontem, eu não achava que jogaria Strip Palavras-cruzadas. Não que essas duas coisas estejam na mesma liga. Anal é...

— Deixe-me tentar uma coisa — Evan murmura e lambe meu pescoço.

OK. Muito legal. Isso eu definitivamente gosto. Mais do que gosto.

Ele gentilmente me posiciona de frente para a

parede, com as pernas abertas, as duas mãos nos azulejos, como se fosse me foder por trás.

Meu batimento cardíaco dispara.

Ele vai simplesmente enfiar vitamina D na minha bunda? Eu não precisaria de grandes quantidades de lubrificante antes de tentar...?

Não. Evan mordisca até minhas omoplatas.

Espere. Ele vai...

Sim. Deslizando as mãos pelas laterais do meu corpo, Evan lambe minha coluna, sua língua passando pelo osso do meu cóccix e deslizando pelo vinco entre minhas nádegas até que sua língua termina onde seu dedo estava um momento atrás, enquanto ele agarra as laterais do meu corpo nos quadris.

Meu corpo inteiro fica vermelho e formigando com partes iguais de vergonha e excitação. A sensação real é de cócegas, mas agradável. É o conhecimento do que ele está fazendo que faz meu coração bater forte e minhas bochechas queimarem. E quero dizer os dois conjuntos de bochechas.

Ele faz um amplo círculo com a língua. Depois, um círculo menor.

Uma risada borbulha na minha garganta.

Liberando meu quadril direito, Evan acaricia meu clitóris com a ponta do dedo.

A risada desaparece, substituída por uma tensão crescente.

Após completar seu menor círculo até agora, Evan desliza a ponta da língua na minha abertura traseira –

assim como o dedo que estava no meu clitóris entra na minha boceta.

Eu suspiro enquanto meu corpo fica tenso e todas as sensações anteriores se intensificam, com o prazer vencendo o constrangimento por uma larga margem.

Sua língua e seu dedo me penetram mais profundamente, dentro e fora, em um ritmo cada vez mais rápido.

Um gemido escapa dos meus lábios.

O ritmo se intensifica.

— Sim! — Agarro os azulejos com tudo o que posso.

Encorajado pelo meu clamor, Evan começa a foder minha bunda com a língua para valer, no momento em que seu dedo localiza impiedosamente o que deve ser meu ponto G, porque uma intensa explosão de prazer explode dentro de mim, me fazendo gozar enquanto grito seu nome.

— Você é incrível — Evan canta. — Agora, vire-se para mim e encoste-se na parede.

Estou muito sobrecarregada para fazer perguntas bobas como "Por quê?" ou "O que você vai fazer comigo agora?". Em vez disso, eu o encaro e observo, hipnotizada, enquanto ele toca a vitamina D até gozar na minha barriga.

E assim, estou pronta para gozar de novo. Tem algo a ver com o calor de seu sêmen em minha pele, a expressão em seu rosto e...

Evan pega o gel de banho e lava minha barriga, depois, meus seios, prestando muita atenção em meus mamilos.

Não estou apenas pronta para sair – anseio por outro orgasmo como um viciado em sua próxima dose.

— Aqui. — Desligando o chuveiro, Evan leva um dedo à minha boca. — Vou precisar de um pouco de lubrificante para a próxima coisa que quero tentar.

Que coisa? Minha boca está um pouco seca enquanto chupo o dedo oferecido, mas minha boceta está tudo, menos isso.

Evan se ajoelha novamente e repete sua obra-prima cunilíngue, mas com uma diferença crucial: a ponta do dedo que acabei de chupar entra na minha bunda.

Um gemido está em meus lábios novamente e meus olhos rolam para a parte de trás da minha cabeça. Seu dedo é muito diferente de sua língua, mas também agradável, de um jeito quente e sujo. É mais duro e aparentemente mais espesso – uma dica de como seria a sensação da vitamina D.

Falando na língua de Evan, é boa o suficiente para registrar uma patente relacionada ao orgasmo no Escritório de Marcas e Patentes. Isso me faz sentir tão bem que encosto minha bunda no dedo de Evan, levando-o até a segunda junta e amando cada milímetro dele.

— Goza. — O comando de Evan impulsiona meu orgasmo ao limite, e eu faço o que ele diz, apertando o dedo de Evan como uma armadilha chinesa.

Deslizando o dedo, Evan beija meu pescoço e sussurra em meu ouvido: — Como foi?

— Incrível. — Um eufemismo do século. A verdade é que, se tivéssemos tempo suficiente para fazer o que estamos fazendo hoje, por alguns meses, acho que poderia trabalhar até o anal – mas, infelizmente, temos alguns dias restantes e pretendo tomar vitamina D exclusivamente na minha boceta sempre que possível.

O sorriso de Evan é pura satisfação masculina. — Quer que eu lave seu cabelo?

— Claro. — Espero que ser mimada reverta o estranho mal-estar pós-clímax que acabou de tomar conta de mim, e isso acontece, até certo ponto. Um salvador muito melhor para o meu humor é a sonolência que transforma meu corpo em papel machê molhado.

— Leve-me para a cama — Imploro a Evan quando a espuma desaparece do meu corpo. Para pontuar meu pedido, bocejo. Ruidosamente.

Assentindo, Evan me tira do chuveiro, me enxuga e se enrola em mim na cama – que é quando eu desmaio.

Quando acordo, Evan não está na cama comigo e seu lado está frio.

Bem, não vou entrar em espiral desta vez. Em vez disso, pego o bilhete na mesa de cabeceira.

Fui buscar café da manhã. Estarei de volta às 11.

Onze? Eu verifico meu telefone. São dez. Eu sei que é bobagem, mas sinto orgulho de ter conseguido acordar enquanto ainda era considerado manhã. E estou muito mais revigorada do que quando dormi ontem quase ao meio-dia. Acho que beber menos proporciona um sono mais reparador, assim como orgasmos múltiplos.

Ao pensar nesses orgasmos, coro e me levanto.

Depois de ficar apresentável, vou até a cozinha para cumprimentar Evan assim que ele retornar. E é aí que presencio uma cena interessante: o gato mia incisivamente para a porta de correr. Harry se aproxima e dá uma patada no mecanismo de travamento, destrancando-o. Ele então abre a porta com o nariz apenas um pouquinho, mas é tudo o que Sally precisa para passar a cabeça, o que ela faz. Assim que ela está na varanda, Harry fecha a porta atrás dela, como se nada tivesse acontecido.

— É assim que Sally entra na minha casa? — Eu pergunto a Harry severamente.

Harry abana o rabo, os olhos brilhando com uma inocência aparentemente genuína.

— Mas isso não pode ser — digo. — A menos que você vá com ela abrir as portas da minha casa?

Harry inclina a cabeça.

— Deixa para lá. — Reabro a porta da varanda e tento levar Sally de volta para casa.

É, não. Há uma boa razão para compararmos tarefas impossíveis com o cuidado de gatos. É um pesadelo.

Voltando para a cozinha, vasculho todas as gavetas até encontrar o resultado: erva-dos-gatos seca em um saco.

Meu sorriso é maligno enquanto preparo as coisas. Se Sally for um dos muitos gatos que respondem à nepetalactona – que é uma ótima palavra nas Palavras-cruzadas e é a substância química da erva-dos-gatos que dá efeito aos felinos – eu não apenas a levarei de volta para casa, mas provavelmente poderei cuidar dela sem arriscar a vida e a integridade física. Inferno, eu provavelmente conseguiria fazer com que ela usasse a maldição da existência de todo gato: uma caixa transporte para gatos.

Armada com a isca, saio para a varanda. — Ei, gatinha. Sua simpática traficante de drogas da vizinhança está aqui.

Sim. Sally já é claramente uma viciada, o que faz sentido. Por que outro motivo Evan teria isso? Então, novamente, se ele tem isso, por que não pode usá-lo para dar banho em Sally?

Logo, descubro o porquê. Embora Sally queira erva-de-gato o suficiente para voltar para casa, ela não a quer tanto a ponto de chegar perto da banheira. Tudo o que consigo fazer com a erva-de-gato é escovar e aparar o pelo dela em alguns lugares – o que, ei, ainda é considerado arrumado.

— Acho que é bom que você não precise de banho — digo a Sally quando ela sibila diante da minha última tentativa de lavá-la. — Não, a menos que você caia na sopa fria, como aconteceu com um dos gatos do meu cliente.

— Você teve sorte de as garras dela não terem saído — diz Evan atrás de mim. — Eu disse que ela não gosta de banho.

Eu giro. — Eu não ouvi você voltar.

— Desculpe por isso. — Ele coloca uma sacola de compras na mesa. — Em minha defesa, eu não estava sendo furtivo – você estava tão preocupada em cuidar de Sally que um elefante poderia ter entrado.

— Um elefante sexy. — Espere, o quê?

A testa de Evan enruga. — Obrigado?

— O que há para o café da manhã? — Pergunto, mal-humorada.

Evan me conta, depois prepara uma omelete estilo japonês enquanto eu observo e babo.

Quando começamos a comer, fico olhando para sua boca, me perguntando se ele sempre foi tão fascinante. Eu também coro toda vez que vejo sua língua, porque isso me lembra das coisas sujas que ele fez com ela na noite passada. Coisas que...

— Quais são seus pensamentos? — Evan me serve um pouco de chá.

— Não vou estar pronta para anal — Deixo escapar. — Não tão cedo.

— Bom saber. — Evan sorri. — Mas eu estava perguntando se você acha que deveríamos ir de carro até São Petersburgo ou Miami hoje.

Mesmo quando ele brincou com minha bunda ontem à noite, não acho que minhas bochechas ficaram *tão* vermelhas.

— Qualquer um está bem — Murmuro, querendo afundar no chão. — Sua escolha.

— Então, que tal irmos para São Petersburgo? — Evan diz. — Podemos passar lá pelo Museu Salvador Dali. Meu avô era um grande fã dele, então, quem sabe, talvez isso ajude você a se dar conta de alguma coisa.

Me dar conta é o que preciso fazer antes de falar sobre a preparação para o anal novamente. — O que mais seu avô gostava?

Evan se levanta. — Posso te contar no caminho?

— Claro. Você tem algum álbum de fotos ou qualquer outra coisa que envolva seu avô?

Ele sorri. — Se você quiser ver fotos minhas de bebê, é só dizer.

Revirando os olhos, eu o ajudo a encher a máquina de lavar louça – outra tarefa doméstica que me deixa inquieta. Depois, passo pela minha casa para me trocar e, quando me junto a ele no carro, ele me entrega um álbum de fotos.

Vitória! Há fotos super fofas de Evan-bebê. Em algumas, ele está com a mãe e em outras com o pai – com quem ele se parece bastante. Eu sei o quanto a mãe dele significa para ele, então faço perguntas sobre as memórias capturadas nessas fotos, e ele me conta tudo sobre os muitos momentos especiais que compartilhou com ela enquanto crescia. As fotos do avô são uma minoria aqui, mas localizo algumas, incluindo uma em algum evento formal onde ele está abraçando Evan.

Droga. Minha boca fica cheia de água quando vejo Evan de smoking, gravata e o que parece ser um relógio obscenamente caro em seu pulso.

Olhando para esta imagem, é fácil acreditar que Evan seja um bilionário, o que é engraçado, pois na época do evento não acredito que ele fosse.

É superficial que essa foto me faça gostar ainda mais de Evan? Isso significa que gosto de Evan ser bilionário? Isso me tornaria um dos tipos interesseiras que ele tem evitado – mais um motivo para não ficarmos juntos, não que precisemos de mais.

Na verdade, preciso me dar um tempo. Eu *realmente* não me importo com o dinheiro dele. Acabei de conhecê-lo gostoso de terno, sem mencionar que minha percepção dele agora é influenciada pelo que aconteceu no chuveiro. E durante todos os encontros. E...

— As fotos revelaram alguma pista? — Evan pergunta.

— Na verdade, não — digo, voltando à realidade.

— Ah, bem — diz ele. — Valeu a pena.

Fecho o álbum. — Você pode me contar algo sobre seu avô?

Ele se concentra. — Eu herdei dele meu amor pelo oceano.

— Ele surfava também?

Evan balança a cabeça. — Ele só gostava de observar as ondas. Isso o acalmava.

Durante o resto da viagem, ele me conta sobre seu avô, mas nada realmente me dá pistas. Em vez disso, o que sinto é uma dor no peito. Estou afastada da minha família há sete anos, mas mesmo antes disso, nunca tive uma conexão tão boa com eles quanto Evan teve com seu avô. E seu pai. E sua mãe.

— Chegamos. — Evan entra em um estacionamento e damos um passeio pelos lindos jardins – uma das atrações turísticas de beira de estrada mais antigas dos EUA.

Enquanto vasculhamos o terreno, minha alegria do dia luta contra a frustração porque, mais uma vez, não há pistas. Além disso, uma dose dupla de culpa me atinge por dentro. Em primeiro lugar, Reagan iria gostar muito deste lugar. Em segundo lugar, ainda não contei a Evan sobre a existência de Reagan.

— Talvez encontremos algumas em Miami? — Evan sugere quando expresso meu aborrecimento com a falta de pistas.

— Talvez.

Ele aponta para a natureza ao nosso redor. — Não vale a pena visitar este lugar, mesmo que não haja pistas?

Observo o verde das plantas e o rosa dos flamingos próximos. — É um lugar legal, mas...

— Sem desculpas. — Evan agarra minha mão. — Vamos passear, esquecer completamente as pistas.

No começo, caminho para satisfazê-lo, mas logo esqueço a caça ao tesouro e começo a sentir que estou em um dos melhores encontros da minha vida.

— Quer sentar? — Evan aponta para um banco que parece perdido na vegetação.

Sentar? Acho que caminhamos um pouco. Olho para o meu rastreador para ver quantos passos já dei, e são impressionantes dez mil.

Minha querida Preciosa, seus glúteos majestosos estão ficando mais firmes enquanto falamos e suas coxas estão ficando rígidas. Você também está produzindo suor rico e ácido láctico delicioso por todo o santuário sagrado que é o seu corpo.

Acho que poderia relaxar meus pés por um segundo.

Eu me jogo no banco e Evan se aconchega bem ao meu lado.

Espere. Ele está...

Ele envolve a mão em volta dos meus ombros, sua proximidade é inebriante.

— Parece que estamos sozinhos — Ele murmura, seus lábios roçando minha orelha de forma sedutora.

Examino o caminho pavimentado em ambas as direções. É verdade que neste momento estamos sozinhos. Mas por que tenho a sensação de que ele tem algo muito perverso em mente...

Seus lábios se chocam com os meus.

Aí está.

Previ que isso aconteceria, mas isso não o torna menos quente – ou bem-vindo.

Enquanto sua língua explora minha boca, sinto um déjà vu. Ou tive um sonho molhado que começou assim, ou vi um casal se beijando em um banco de jardim em um filme. Mas então, a mão de Evan desliza entre minhas pernas, pressionando meu clitóris através da calça de ioga. Isso não é de um filme, isso é certo. Não, a menos que fosse pornografia.

Dou ao meu cérebro um comando para dizer algo sobre estarmos em público, mas em vez disso um gemido suave escapa da minha boca.

— Sim. — Evan beija meu pescoço. — Permita-se sentir.

Permitir? É mais como se eu estivesse prestes a cair de um penhasco. Uma tensão começa a crescer em meu núcleo e...

Um funcionário do parque que lembra um Mastim Napolitano aparece no caminho próximo, franzindo a testa para nós.

Todo o sangue do meu clitóris corre para o meu rosto enquanto eu pulo de pé.

— Por que vocês não vão para um quarto? — O funcionário diz rispidamente com tanto aborrecimento que me faz pensar se seu trabalho é perseguir possíveis amantes deste exato banco.

Evan se levanta em toda a sua altura, elevando-se sobre o recém-chegado. — Por que você não toma cuidado com seu tom?

É como aquela vez que ele ficou chateado com o Dr. Hugo? Algo a ver com o cromossomo Y?

— Eu acho que vocês deveriam ir embora. — O cara do parque pega seu walkie-talkie como se fosse uma arma.

Antes que Evan faça algo ainda mais masculino e, portanto, estúpido, eu agarro sua mão. — De qualquer maneira, quero ver o Museu Dali — Sussurro em seu ouvido. — Vamos dar o fora daqui.

Acalmando-se instantaneamente, Evan acena com a cabeça e saímos.

— Aqui. — Pego um Snickers para Evan na loja de presentes. — Acho que você está com fome.

— Você pode ter razão. — Evan enfia a barra inteira na boca e mastiga enquanto entramos no carro. — Desculpe por isso — Ele diz quando estamos na estrada.

— Não se desculpe. — Eu sorrio. — Acho lisonjeiro que você não consiga tirar as mãos de mim.

— Sim. — Os cantos de seus lábios se levantam. — Estou muito excitado com o *quão* modesta você é.

— Você quer pegar mais comida para ter certeza de não matar alguém no museu?

Ele balança a cabeça. — Estamos quase lá e eles têm um Café legal.

Acontece que legal é um eufemismo. O Café Gala, em homenagem à russa que foi esposa e musa de Dali, oferece comida espanhola e um ambiente incrível.

— São tapas de verdade — Evan diz quando pegamos algumas. — Notou como elas se parecem um pouco com um café da manhã japonês?

— Bem, então coma suas tapas e rápido. — Despejo amêndoas temperadas e azeitonas misturadas em seu prato. — A fome ainda está deixando você muito irritado para o meu gosto.

— Vou te pegar por isso — Evan diz e enche a boca.

Depois que nossas barrigas estão cheias, andamos por aí, observando a arte surrealista – uma atividade que eu realmente gosto, embora mais devido à companhia de Evan do que a qualquer apreciação real das nuances do trabalho de Dali.

Então, uma pequena peça me chama a atenção por algum motivo. Nele, o corpo de uma mulher parece derreter ao lado de um violino, um cavalo salta de um barril e um anjo olha tudo isso e esfrega os olhos.

— Ah, este aqui — diz Evan. — Você deveria ver isso de cabeça para baixo.

Eu arrasto meu olhar para longe da pintura. — O quê?

— Esta peça é famosa por parecer completamente diferente quando virada de cabeça para baixo. Metade das vezes eles penduram dessa forma, e metade das vezes desta forma – a forma inferior.

Mesmo? Inclino a cabeça, mas a visão lateral não me mostra do que Evan está falando.

— Você precisa de ajuda? — Evan pergunta.

— Com o quê?

Ele faz uma imitação de girar uma bola de praia nas mãos – isso ou ordenhar uma vaca gigante. — Ajuda para ficar de cabeça para baixo. Então você pode ver.

Eu pisco. — Você pode fazer isso?

Ele flexiona o bíceps. — O quê? Você não acha que sou forte o suficiente?

— Não é isso...

Ele caminha até mim. — Aproveite. — Ele me agarra pelos joelhos com um braço e pela cintura com o outro, e então, sem nenhum esforço, ele me deixa de cabeça para baixo, pendurado como uma idiota.

— O que você acha? — Ele me levanta um pouco e

me aponta para a pintura. — Você consegue ver a imagem secreta?

Hum. O rosto derretido parece mais um rosto, e há uma aranha em sua bochecha, mas eu poderia ter visto isso em pé. Eu simplesmente não tive a chance.

— O que você está fazendo? — Alguém pergunta.

Evan se vira, permitindo-me ver um dos seguranças – uma senhora que se parece muito com um Griffon de Bruxelas.

— Estou apenas olhando para a pintura de cabeça para baixo — Explico com naturalidade.

O Griffon de Bruxelas franze a testa. — Por quê?

— Esta é uma pintura especial — Explico.

—Não. Não é.

Evan ri.

Olhando para ele, exijo que ele me coloque no chão, o que ele faz e começa a rir de verdade.

— Por favor, comporte-se com algum decoro de agora em diante — diz o Griffon severamente.

— Desculpe — diz Evan. — Ela vai.

O Griffon vai embora.

Eu olho para Evan. — Não foi legal.

— Eu disse que te pegaria — Ele diz com um sorriso malicioso. —, e eu peguei.

— Que seja.

Ele ri novamente. — Você percebe que poderia ter tirado uma foto da pintura e virado *ela* de cabeça para baixo.

Dou um soco no ombro dele e vou até lá para ver mais pinturas. Logo, ficamos sem arte para admirar, então saímos e nos perdemos em um labirinto – e nos beijamos quando encontramos o centro, embora Evan tenha pegado leve desta vez por causa das vozes das crianças próximas.

— Para onde agora? — Pergunto quando saímos do labirinto.

Ele dá de ombros. — Quer dar uma olhada no centro da cidade?

Eu aceito, então vamos para lá antes de visitar uma galeria, seguido de jantar e caminhada na praia.

— O pôr do sol aqui é lindo — diz Evan. — O sol se põe no oceano.

— Sim, sim — digo zombeteiramente. — Este é o encontro mais romântico da minha vida. Agora você está exagerando.

Espere, posso chamar isso de encontro com todo o negócio de 'sem rótulos' ainda em jogo?

Evan sorri para mim, mas então franze a testa para algo a seus pés.

Que diabos? Ele parece estar chateado por causa de uma garrafa plástica de água vazia. Murmurando um palavrão, ele pega a garrafa e uma pá de plástico que uma criança deve ter deixado depois de fazer castelos de areia.

— Este pôr do sol vai realmente elevar o nível no departamento de romance — diz ele, retomando nossa caminhada enquanto segura o lixo como se nada estivesse errado. — Eu garanto.

— Você perdeu alguma coisa. — Aponto para uma embalagem de sorvete a alguns metros de distância.

— Ah. — Evan pega a embalagem. — Obrigado.

— Um bilionário que também trabalha como limpador de praia?

Ele dá de ombros. — Prefiro ser isso do que um vagabundo de praia... um apelido que recebi no passado.

Avistando algo à distância, ele caminha até lá atentamente e eu o sigo.

A coisa acaba sendo uma lata de lixo. Evan deposita sua carga nela, depois pega uma embalagem de doce que não caiu no lixo e a joga onde deveria ter ido.

Quando ele retoma nossa caminhada na praia como se nada tivesse acontecido, eu deixo escapar: — Você tem TOC?

A casa dele estava bem limpa. Assim como a minha.

Ele balança a cabeça. — Só não gosto de ver o oceano poluído, só isso.

Ah. Faz sentido agora que ele mencionou isso. — Dado o seu dinheiro e tudo mais, não faria mais sentido você contratar pessoas para limpar as praias em vez de fazer isso sozinho?

— Eu meio que doo — diz ele. — Não diretamente, mas algumas das causas que doo para fazer isso.

Agora que ele me lembrou, estou curiosa sobre as causas que ele apoia, então faço perguntas sobre isso por um tempo. Há um padrão definido em sua filantropia, e mesmo quando a causa não está diretamente relacionada ao oceano, ainda está tangencialmente relacionada. Por exemplo, ele doa para projetos de pesquisa que trabalham com materiais biodegradáveis.

— Quer sentar ali? — Evan aponta para um trecho imaculado de areia branca como a neve.

— Você ligou antes e pediu a alguém para limpar este local? — Eu me jogo e me deleito com a sensação da areia quente nos dedos dos pés.

Quando Evan se junta a mim, ele se senta tão perto que nossos cotovelos roçam um no outro, o que desperta um friozinho na minha barriga... e mais abaixo também. Apesar de toda a exposição solar que tive hoje, ainda preciso desesperadamente de um pouco de vitamina D.

— Aquele é o Palace. — Ele aponta para uma estrutura semelhante a um castelo atrás de nós. Diante da minha expressão confusa, ele diz: — Faz parte da rede de hotéis mais cara do mundo, por isso sua parte da praia é mantida intocada.

Antes que eu possa responder, o céu chama minha atenção e me deixa momentaneamente sem palavras. O sol poente pintou as nuvens com uma gloriosa mistura de roxo e laranja que pertence mais a uma pintura surrealista de Dali do que ao mundo real.

— Você não estava brincando sobre o pôr do sol — Suspiro.

Ele coloca o braço em volta dos meus ombros. — Teria valido a pena dirigir só para ver isso, certo?

— Sim. — Mas eu levaria essa lógica alguns passos adiante. Valeu a pena sair de férias - com voo de Nova

York e tudo mais – só para vivenciar esse momento de puro contentamento nos braços de Evan.

Mas esse momento especial é passageiro porque lembro que minhas férias vão acabar muito em breve. E meu tempo com Evan. E...

— Tão lindo — Evan murmura.

Viro-me para ele e percebo que ele está olhando para mim, não para o pôr do sol.

Umedeço meus lábios subitamente secos. — Se você ainda não tivesse conseguido, eu suspeitaria que você está tentando entrar nas minhas calças.

Um sorriso encantador é sua resposta. Então, ele diminui a pequena distância entre nós e reivindica meus lábios em um beijo abrasador e que rouba o coração.

Capítulo Vinte

EVAN

Os lábios do Brooklyn podem ser minha coisa favorita nela, logo depois de seu senso de humor peculiar, seu amor pelos animais, seus seios perfeitos, sua bunda incrível, sua...

Ela se afasta do meu beijo, e entendo o porquê: um casal de idosos está caminhando pela praia, de mãos dadas.

Malditos empata-foda adoráveis. Ostentando uma vida de casado longa e feliz e, portanto, destacando a transitoriedade do nosso "sem rótulos", seja lá o que for.

Caramba. Fiquei fazendo ioiô de alegria a pesar o dia todo, e tudo pela razão mais estúpida: estou realmente aproveitando meu tempo com Brooklyn... que irá embora em breve.

Por que isso não pode ser como pegar uma grande onda? Quando faço isso, vivo o momento, gostando de estar com o oceano e o mundo. O que não faço é lamentar o fato de a onda estar prestes a desaparecer – porque todas as ondas desaparecem.

Brooklyn limpa a garganta. — Não deveríamos voltar? A viagem até aqui foi bem longa.

Ótimo ponto. — Você quer passar a noite aqui?

Merda. Esse foi definitivamente meu pau falando.

— Onde? — Brooklyn olha em volta como se eu estivesse sugerindo que dormíssemos aqui na praia.

E, ei, se não fossem os idosos empata-foda e a areia entrando furtivamente nos lugares mais privados, essa opção seria muito romântica.

— O Palace? — Aponto em sua direção. À medida que tento a convencer da ideia, gosto cada vez mais. — Na verdade, é um lugar muito legal, então, desta forma, vamos colocar mais uma experiência neste dia já incrível. — Meu pau está me fazendo parecer um agente de viagens? — Além disso, se ficarmos aqui, podemos sair de manhã e estar em Miami na hora do almoço. — Sim. É mais eficiente para a caça ao tesouro. Minha oferta não tem nada a ver com o fato de que eu (e mais importante, meu pau) mal posso esperar pela longa viagem de volta para ficar sozinho com ela.

— Claro. — Brooklyn se levanta. — Vamos.

Eu pulo de pé como se um pescador tivesse acabado de saltar do oceano e ameaçar minhas bolas azuis. E não posso acreditar na minha sorte. Quando sugeri que fôssemos para o hotel, quis dizer depois da espera obrigatória pelo lindo pôr do sol. Mas não vou olhar para o cavalo dado na boceta.

Quero dizer, boca.

Idiota.

Esse provérbio sempre teve conotações de bestialidade?

Brooklyn agarra minha mão, me trazendo de volta à realidade. A palma da mão dela é minúscula na minha, e tão macia e quente, tornando muito fácil imaginá-la no meu...

— Você já ficou no Palace antes? — Ela pergunta.

Eu assinto. — Aquele em Nova York. Eu estive lá para uma conferência de investidores organizada pela Octothorpe.

Ela parece pensativa com isso. Ela está imaginando como teria sido se eu a conhecesse enquanto estava naquela conferência? Ela mora no Brooklyn, então, era teoricamente possível que tivéssemos nos conhecido. Saí para comprar pizza em...

— Você esteve em Nova York desde então? — Ela pergunta.

— Duas vezes. Nessa mesma conferência, conheci Mason — um companheiro de bebida por videochamada que, se morasse na Flórida, provavelmente se tornaria meu melhor amigo.

Ela sorri. — Tenho duas amigas muito próximas e acho que cada uma delas pensa que é minha melhor amiga, mas eu me importo com elas igualmente.

— Parafraseando um pouco o Highlander: só pode haver um melhor amigo.

Seu sorriso se torna travesso. — Talvez eu devesse dar espadas a Jolene e Dorothy e fazê-las duelar pela honra.

No resto do caminho até o hotel, ela me conta sobre suas amigas e como elas lhe deram esta viagem como presente de aniversário.

— Mudei de ideia — digo a ela quando chegamos à porta do hotel. — Ambas merecem o "melhor" elogio.

— Concordo — diz ela, e entramos no lobby do hotel, que acaba sendo uma cópia carbono do de Nova York: os mesmos pássaros exóticos, a mesma mistura de diferentes estilos arquitetônicos europeus e os mesmos carregadores vestidos com capas, bicórneos, e pantalonas berrantes.

— Você estava certo — Sussurra Brooklyn. — *Valeu* a pena visitar.

Aperto suavemente a mão dela, que ainda estou segurando.

Um concierge esnobe olha para a areia que estamos deixando até o saguão, como se ele nunca tivesse visto pessoas voltando da praia um milhão de vezes.

— Olá — digo a ele. — Gostaríamos de um quarto.

O cara me olha e não parece impressionado. — Não estamos oferecendo nenhum desconto no momento.

Uma onda de aborrecimento passa pela minha overdose de hormônio induzida por Brooklyn. Parece muito com quando estou prestes a ficar com fome, o que faz sentido, porque estou faminto por alguma coisa – simplesmente não é comida. — Não preciso de descontos — digo friamente. — Apenas me dê o primeiro quarto disponível.

Parecendo duvidoso, o concierge digita algo preguiçosamente em seu computador e depois olha de volta com a expressão de desculpas mais falsa que já vi em minha vida. — Receio que todos os nossos quartos *regulares* estejam reservados.

Meu olho está tremendo? — Por que você enfatizou 'regulares'? Há quartos 'especiais' disponíveis?

— Bem, quartos como a cobertura são...

— Eu pego esse. — Pego minha carteira e procuro meu cartão de crédito.

O concierge revira os olhos. — A cobertura custa...

Suas palavras são interrompidas quando ele vê meu cartão American Express Black.

— Oh. — Todo o seu comportamento muda em um piscar de olhos. — Você quer a suíte com piscina?

— Sim.

— A respeito...

— Pare de perder tempo — digo. — Vou pegar a melhor suíte disponível. Agora. — Jogo o cartão para o cara como se fosse uma estrela ninja.

— OK. — Ele pega o cartão com tanta habilidade que me faz pensar quantas vezes outras pessoas jogaram cartões nele. — Vou reservar para você a Suíte Real.

Brooklyn arqueia uma sobrancelha para mim, então pisco de volta, minha irritação desaparecendo.

Quando entramos no elevador, ela deixa escapar: — Algo está errado comigo.

— Por quê?

Ela cora. — Quando você resmungou com aquele idiota, achei meio sexy.

— Pervertida — digo com um sorriso. — Sério,

sinto muito por isso. Normalmente não sou tão fácil de me irritar.

— Tem certeza? — Ela sorri. — E se você estiver com poucas calorias?

— Bem, não estou com vontade de comer agora — Eu me inclino e sussurro em seu ouvido: —, mas estou faminto.

Suas bochechas ficam com o rosa mais profundo até agora, que era minha intenção. — Acho que estou com fome disso também.

Caralho. Minha ereção está quase dolorida agora.

Ativando o modo Besta, pego Brooklyn em meus braços e a beijo rude e profundamente, fazendo com minha língua o que estou morrendo de vontade de fazer com meu pau.

Brooklyn se funde em mim, suas partes macias parecem gloriosas em todas as minhas partes duras.

O elevador parece desacelerar – é claramente um empata-foda, como aqueles velhos na praia.

Quando estou prestes a explodir, as portas finalmente se abrem para a suíte luxuosa, que poderia ser um casebre para mim, desde que houvesse uma cama. Ou um tapete. Ou uma parede. Honestamente, até um piso de cimento funcionaria, desde que nenhum idoso nos atacasse.

Em nossa busca frenética para ficarmos nus, espalhamos roupas no chão enquanto procuramos a cama mencionada e, quando localizamos nossa presa, Brooklyn se afasta do meu beijo para assobiar em agradecimento. — Esta cama é enorme. — Ela olha para meu pau duro e sorri maliciosamente. — Desculpe, eu provavelmente deveria reservar esse adjetivo para *isso*. A cama é simplesmente grande.

Eu a puxo tão perto que meu pau toca a pele deliciosa logo abaixo de seu umbigo. — Você está tentando acariciar meu ego?

Seu sorriso malicioso se torna diabólico quando Brooklyn se abaixa e acaricia meu pau, uma, duas vezes. — Faça ou não — Ela diz em uma imitação de Yoda. — Tentar não deve.

Meu pau se contorce em sua mão, e se de repente eu desenvolvesse um fetiche por cosplay de Yoda depois disso, não ficaria surpreso.

— Oh, não pretendo tentar — Murmuro, olhando para ela. — Eu *vou* fazer tão forte que você vai gritar meu nome.

Sua resposta é me acariciar novamente, apertando levemente enquanto o faz.

Minhas bolas apertam – e sem dúvida ficam com um tom mais azulado. — Vá para a cama — Eu ordeno rispidamente. — e abra as pernas para mim.

Porra. Tenho uma dívida de gratidão com nossa cama "apenas" grande, porque, para fazer o que eu digo, Brooklyn tem que rastejar de quatro por alguns metros – e é a coisa mais erótica que já vi.

Com as mãos instáveis por causa de toda a energia sexual reprimida, preparo uma camisinha e pulo atrás de Brooklyn, ou mais especificamente, atrás de sua deliciosa boceta rosa.

Avidamente, eu a viro para que ela fique de bruços,

em seguida, lambo seu clitóris e chupo suas dobras até que ela goze na minha boca com um gemido alto que reverbera através do meu pau e bolas.

Tudo bem. Se eu não transar com ela logo, posso ficar louco por sexo. E, ainda assim, como se quisesse me torturar, eu a penetro com um dedo e induzo outro orgasmo – desta vez, um grito.

É isso. Inspirado por sua recente caminhada na cama, eu a coloco na posição de cachorrinho e deslizo em sua boceta escorregadia por trás – e é transcendente, como pegar aquela onda perfeita em um lindo dia de primavera. Na verdade, isso é bom demais, pois já estou prestes a explodir. Não. Não posso acabar tão rapidamente, não quando a onda está tão perfeita. Agarro a bunda curvilínea de Brooklyn e empurro nela mais devagar, mas mais profundamente.

— Sim — Ela grita. — Sim!

— Porra... — Mantendo o ritmo, lubrifico meu dedo indicador com um pouco de saliva e, em seguida, insiro-o suavemente em sua bunda.

Ela geme de prazer.

Eu dobro meu dedo apenas um pouquinho, o que faz com que eu possa sentir meu pau entrando e saindo dela.

— Evan! — Ela grita enquanto goza, apertando meu pau e meu dedo no processo, o que me leva ao limite. Eu grunho de prazer quando o orgasmo mais poderoso da minha vida acende todas as minhas terminações nervosas.

Depois disso, fico quase inconsciente, o que é

estranho porque normalmente não sou o cara estereotipado que precisa dormir logo depois do sexo.

Talvez a sonolência seja proporcional ao quanto você se divertiu? Não faço ideia, mas só tenho energia para beijar Brooklyn e sussurrar: — Isso foi incrível — Antes de apagar como uma vela em uma tempestade.

Acordo com o ronco faminto do meu estômago.

Quando abro os olhos, vejo Brooklyn olhando para mim com uma expressão divertida.

— Isso parece uma emergência — diz ela — Se não o alimentarmos logo, você pode ficar louco – ou qualquer que seja o equivalente surfista.

— Mental. — Pego o telefone chique na mesa de cabeceira e peço serviço de quarto: um café da manhã japonês para mim e um Croque Madame, além de um Raspberry Pain au Chocolat para Brooklyn, que parece estar com disposição para a culinária francesa.

Enquanto fazemos nossa toalete matinal, olho de relance para Brooklyn, que ainda está meio vestida.

Uma sensação de afundamento se aloja em algum lugar do meu estômago. Depois de hoje, faltarão dois dias para suas férias acabarem, ou na verdade apenas um, porque depois de amanhã ela estará voando para...

— Serviço de quarto! — Alguém grita a plenos pulmões.

Ah. Certo. Visto um roupão e deixo o garçom

entrar, depois observo enquanto ele prepara tudo à beira da piscina, na varanda com vista para o oceano.

Outra refeição romântica só vai piorar meu mal-estar, mas Brooklyn fica em êxtase quando se junta a mim, e isso me faz esquecer todo o resto.

Durante o delicioso café da manhã, comparamos notas sobre nossas aulas favoritas no Ensino Médio por algum motivo desconhecido, mas a conversa ocupa apenas uma parte da minha atenção enquanto fico maravilhado com uma coisa simples: nos conhecemos há menos de uma semana, mas sinto que conheço Brooklyn a vida toda.

Capítulo Vinte E Um

BROOKLYN

Estou em apuros. Passei a gostar muito da companhia de Evan. Caso em questão: a viagem de quatro horas e meia até Miami parece mais uma viagem divertida do que uma tarefa árdua.

Antes de chegarmos ao nosso destino, Evan afirma que quer almoçar rapidamente.

Quando chegamos ao local, procuro online e franzo a testa. — Este é um restaurante com três estrelas Michelin.

— É por isso que eu escolhi. — Evan estaciona o carro. — Não temos restaurantes deste calibre em Palm Islet, por isso quero aproveitar esta oportunidade enquanto posso.

Olho das minhas roupas casuais para as dele. — Acho que não estamos vestidos para isso.

— É hora do almoço. Eles não esperam que você fique chique até o jantar.

Eu suspiro. — Também parece caro.

Ele assente com minhas palavras. — Mesmo que eu gastasse mil dólares em restaurantes chiques todos os dias, ainda levaria dois mil, setecentos e quarenta anos para eu ficar sem dinheiro.

Tento entender essa matemática e fico com dor de cabeça por causa do problema. — Certo. Vamos.

Ele segura a porta para mim e eu entro.

Sim. Parece incrível, como uma versão restaurante do hotel que acabamos de deixar. Nossa garçonete, porém, parece exatamente um Poodle – um fato que me faz rir.

— O que é tão engraçado? — Evan pergunta quando ela sai depois de nos sentar à mesa.

Explico que acho muito engraçado que nossa garçonete se pareça com um Poodle.

— Por quê? — Ele pergunta.

— Quando penso em 'Poodle', penso em 'francês', que é a culinária daqui.

— Buldogue Francês parece mais francês — diz Evan. — Mas, de qualquer forma, eu estava perguntando por que você compara as pessoas com raças de cães.

Eu dou de ombros. — Porque eu amo cachorros?

Evan inclina a cabeça de uma forma muito canina. — Que raça eu sou?

Admito que seus olhos me lembram um Husky Siberiano e seu cabelo, um Golden Retriever.

— Este último faz sentido — diz ele. — Afinal, sou o pai de um Golden Retriever.

Ele realmente é um bom pai peludo, e pensar nele em um papel paternal novamente traz algo inefável em meu peito.

Eu faço o meu melhor para me livrar disso. — Por essa lógica, você também deveria se parecer com Sally de alguma forma, mas isso não é nem remotamente o caso.

Na verdade, ele é tão bom em lamber partes do corpo quanto um gato – especialmente minha parte favorita do corpo, que leva o nome de uma gatinha.

E agora estou corando.

— Isto me lembra. — Evan verifica algo em seu telefone, relaxa e olha para mim.

— O que foi isso? — Aceno para o telefone.

— Pedi para Boone verificar Harry e Sally — Explica Evan. — Então acabei de verificar seu último relatório. Ele já levou Harry para passear, brincou com Sally e alimentou os dois.

Ah. Ele pode ser um pai peludo melhor do que eu sou uma mãe humana, porque não verifiquei Reagan hoje, muito menos me certifiquei de que alguém o alimentou ou brincou com ele.

Sentindo-me subitamente culpada, peço licença para ir ao banheiro e ligar de lá para o acampamento.

Uma conselheira que parece uma criança me informou que meu filho está muito ocupado se divertindo para atender o telefone e que está prosperando no acampamento. — Sua única preocupação parece ser ter que partir logo — Ela conclui. — Você já pensou em prolongar a estadia dele?

— Não — Minto —, mas irei.

Desligando, eu suspiro. Não importa se eu "penso" em prolongar a estadia de Reagan. Nossas passagens de volta não são do tipo que você pode alterar a data. Nem eu gostaria que ele voasse sem mim. Mais importante ainda, não posso pagar por mais acampamento.

Quando volto, a comida – uma rodada de degustação – já está esperando na mesa.

Ao engolir o escargot que é nosso primeiro aperitivo, engulo também um gemido de prazer. Meu ânimo melhora instantaneamente, da mesma forma que com uma linha de cocaína (imagino). Na verdade, meus olhos reviram para a parte de trás da minha cabeça, e é um esforço focalizá-los novamente em Evan, que parece tão presunçoso que você pensaria que ele dava alface para esses caracóis desde a infância e depois os cozinhava pessoalmente.

— Bom? — Ele pergunta.

— Não pensei que a comida francesa pudesse ter um sabor melhor do que o café da manhã desta manhã — digo —, mas este é outro nível.

Ele concorda. — O restaurante daquele hotel só tem uma estrela Michelin; este lugar tem três.

Parece que, apesar de sua necessidade de uma vida simples, quando se trata de comida, ele é um bilionário de coração – daí a obsessão pelo guia Michelin. Falando em... — Esse guia não se originou na França? Acho que eles seriam ainda mais exigentes quando se trata da culinária caseira.

— Talvez — Ele diz — Sempre achei estranho que o guia fosse publicado por uma empresa de pneus.

Eu sorrio. — Por quê? Todo mundo sabe que as empresas de pneus se preocupam com três coisas: o custo da borracha, o crescimento do mercado automobilístico e a comida saborosa.

O sorriso de retorno de Evan é de coração palpitante. — Eu me pergunto se o guia deles é a razão pela qual o Homem da Michelin é tão gordinho.

Olho para os pedacinhos em nossos pratos. — Não tenho certeza se restaurantes três estrelas vão deixar alguém gordinho. Ah, e tenho quase certeza de que o Homem da Michelin é feito de pneus, mas mesmo que não fosse, não seria gentil da sua parte envergonhar o pobre mascote.

O Poodle aparece naquele exato momento, com dois pratos que contêm muito mais comida do que o primeiro prato.

Evan a observa sair com desconfiança. — Você menciona porções pequenas e eles trazem isso. Quais são as chances de o chef estar nos espionando?

— Talvez seja isso que separa uma estrela de três estrelas. — Eu espeto um pedacinho de vieira e coloco na boca. — Uau.

Sem contar a vitamina D, esta é a melhor coisa que tenho na boca há anos.

Devoramos mais alguns pratos, cada um melhor que o anterior, e quando estamos mais do que satisfeitos, seguimos para o Museu e Jardins de Vizcaya, onde ignoramos a caça ao tesouro por alguns minutos em favor de simplesmente desgastar a refeição.

O lugar é incrivelmente lindo e é de longe o local mais romântico que já estive. Não sei se são os jardins, a arte ou a companhia de Evan, mas estou à beira de desmaiar. E não estou sozinha. Cerca de uma dezena de casais estão aqui conosco, usando o local para tirar fotos de seu casamento.

Estou com inveja de todas as noivas? Não. De jeito nenhum. O que daria a alguém essa ideia?

— Então... — Paro e olho para Evan. — Alguma ideia de onde possa estar a próxima pista?

Ele dá de ombros. — Não tenho ideia de onde a pista possa estar.

Eu franzo meus lábios. — Por que sou a única que está levando isso a sério?

— Sinto muito — diz Evan, mas parece tudo, menos isso.

— Esta é nossa última chance de encontrar as pistas — Lembro a ele — Eu digo para vasculharmos este lugar com um pente fino.

— Certo. — Evan não parece muito emocionado.

Que seja. Como estou motivada o suficiente por nós dois, procuro as pistas com tudo o que tenho, examinando todas as áreas publicamente disponíveis repetidamente enquanto canalizo meu Robert Langdon interior.

Infelizmente, todos os meus esforços não dão em nada, embora consiga me abrir o apetite... por comida, não por Evan.

Tudo bem, talvez ambos.

— Jantar? — Evan pergunta como se estivesse lendo meus pensamentos.

— Claro. — Depois que um apetite for satisfeito, verei o que posso fazer com o outro.

Enquanto comemos no autoproclamado "melhor restaurante de South Beach", nossa conversa gira em torno de coisas que aconteceram conosco antes de nos conhecermos, e parece que estamos ambos nos preparando para um exame final sobre o outro.

O frenético encontro conhecendo-você continua enquanto caminhamos pelo calçadão próximo, e aprendo coisas aleatórias sobre Evan, como o fato de que sua cor favorita é turquesa e sua textura favorita é lã. Tudo o que ele me diz, acho fascinante, não importa quão obscuro ou irrelevante pareça – e isso é ruim. Isso destaca o quão profundamente encrencada estou. Ou, mais precisamente, o problema em que meu coração está.

Paro e olho demonstrativamente para meu rastreador para verificar a hora.

Minha querida Preciosa, normalmente a esta hora tardia, delicio-me com as mudanças de suas majestosas ondas cerebrais à medida que você passa de um estágio de sono de beleza para outro. Infelizmente, hoje tenho que me resignar a vigiar os deliciosos sucos do seu estômago e os deliciosos mais ao sul.

— Está ficando um pouco tarde para voltar — digo. Tradução: "Vamos arrumar um quarto para que eu possa ter você dentro de mim, agora."

Evan olha para o relógio. — Eu acho que você está certa. — Ele aponta para um hotel chique próximo. — Vamos ver se eles têm um quarto.

Tradução: "Vou te foder com tanta força que você terá dificuldade para andar pelo resto da sua estadia."

Claramente na mesma onda, corremos até o hotel e depois corremos para o elevador assim que o concierge estilo Shih Tzu entrega as chaves a Evan.

Uma vez no quarto, nos despimos e corremos um com o outro em outra cama gigante, mas então as coisas parecem desacelerar, e a maneira como Evan me toma é inesperadamente lenta e gentil. Ele olha profundamente em meus olhos quando entra em mim e entrelaça seus dedos com os meus enquanto nos unimos em uma liberação poderosa.

Quando tudo acaba e Evan se envolve em mim em um abraço apertado, finalmente encontro palavras para descrever nossa sessão de sexo.

Era como se ele estivesse saboreando seus últimos momentos comigo.

Sim. É assim que vou interpretar, e não usar mais duas palavras que nem ouso pensar.

Fazer amor.

Capítulo Vinte E Dois

EVAN

— Já sei! — Alguém grita.

Abro um olho.

Vestindo apenas um roupão de hotel, Brooklyn está sentada na cama de pernas cruzadas e apontando incisivamente para o mapa do tesouro, com o cabelo desgrenhado e os olhos selvagens – como os de uma bruxa muito sexy.

Claro. O estúpido mapa do tesouro, eu não deveria...

— São os dois santos. — Brooklyn ataca dois pontos do mapa, um após o outro. — Não acredito que não pensei nisso antes.

Abro os dois olhos.

— Os quatro locais não *tinham* pistas – eles *são* as pistas — diz ela com entusiasmo. — Ou pontos no mapa. — Ela pega uma caneta de hotel e desenha duas linhas no mapa. — Se você conectar São Petersburgo e St. Augustine, as duas cidades com santos no nome, você terá uma linha. Se você também conectar os dois lugares que contêm os nomes com M, Miami e Marianna, a interseção entre essas duas linhas deve ser onde está o tesouro.

Sento na cama e passo a mão pelo cabelo. — Bom trabalho. Posso fazer uma ligação, escovar os dentes e talvez comer antes de sairmos?

Brooklyn faz beicinho como uma criança, mas vou até o banheiro, fecho a porta para ter privacidade e ligo para Calvin. Ele atende imediatamente e parece amigável com a ideia que proponho, então, digo que lhe devo muito e desligo. Feito isso, escovo os dentes.

Quando saio, Brooklyn me diz que já pediu o café da manhã, o que faz meu estômago roncar de gratidão.

Durante o café da manhã e no caminho até nosso destino, lamento ter iniciado a maldita busca pelo tesouro. Sem isso, poderíamos fazer algo mais significativo em nosso último dia inteiro juntos – presumindo que hoje seja isso. Então, novamente, a dita caça ao tesouro foi o que atraiu Brooklyn a sair comigo, em primeiro lugar. Não tenho certeza se ela teria feito isso sem ele.

Também não tenho certeza se estou feliz por termos passado todo esse tempo juntos. Brooklyn parte amanhã, e quanto mais próximo o prazo se aproxima, mais pesado fica meu peito. Talvez também tenha sido um erro não colocar rótulos em nosso relacionamento.

Os rótulos trazem advertências – pelo menos em potes com veneno – e, neste caso, a advertência deveria ser: *pode desenvolver sentimentos.*

Então, novamente, eu tive aquela conversa com Calvin, então talvez...

— Já estamos lá? — Brooklyn pergunta, e não sei se ela está brincando, mas ela parece uma criança.

— Mais alguns quilômetros — digo.

— Como você sabe? — Ela olha em volta. — Tudo o que vejo é uma floresta.

Eu sorrio. — Então, por que você perguntaria se já chegamos?

Ela dá de ombros.

— Nosso destino é a floresta — digo. — Pelo menos de acordo com este aplicativo especial que usei no meu telefone.

Ela estreita os olhos para mim. — Você não mencionou isso antes.

Meu sorriso se alarga. — Eu não tinha certeza de como você se sentia em relação às caminhadas. Achei melhor contar quando estivermos quase lá.

Ela suspira teatralmente. — Se eu soubesse da caminhada, teria trazido sapatos diferentes.

— Hum.— Dou uma olhada em seus tênis. — Eu acho que isso dever ficar bem. Podemos jogá-los na máquina de lavar depois.

Ela examina fileiras e mais fileiras de árvores que passam. — Talvez tenhamos sorte e haja uma estrada que leve ao nosso destino?

— Se não for uma estrada, então, talvez uma trilha, criada por, digamos, uma família de ursos prestativos.

— Uma caminhada e ursos — diz ela — Obrigada por isso.

Dirigimos mais vinte minutos até que eu declaro que uma pequena clareira na estrada é uma boa vaga para estacionar.

— Não há estrada, não é? — Brooklyn pergunta. — Ou até mesmo uma trilha de urso.

Eu balanço minha cabeça.

Ela aponta para uma placa de propriedade privada próxima. — Vamos invadir durante nossa caminhada?

Eu a encaro. — Se você quiser voltar, eu entendo.

— Não. — Ela se senta mais ereta. — Não vou desistir.

Capítulo Vinte e Três

BROOKLYN

Acontece que caminhar em uma floresta da Flórida é tão divertido quanto trabalhar como o garoto do chicote[1] (ou menina), coletor de sanguessugas (alguém tinha que comprá-las para os médicos medievais, certo?) ou auditor fiscal. Até agora, entrei em vinte teias de aranha e fui atingida por sete galhos. Tudo isso aconteceu apesar do fato de Evan ter agido de forma cavalheiresca e assumido a liderança e, portanto, assumir o peso destes ataques sobre si.

E eu mencionei o calor úmido? Ou os mosquitos do tamanho de cavalos? Ou o esqueleto de javali em que quase pisei? Ou como Evan salvou minha vida quatro

---

1. O menino do chicote era um menino educado ao lado de um príncipe (ou monarca jovem) no início da Europa moderna, que supostamente recebia castigos corporais pelas transgressões do príncipe em sua presença.

vezes, me pegando quando escorreguei? Ou a bolha se formando no meu pé direito?

Dito de outra forma: eu deveria ter desistido quando Evan me deu a chance no carro, mas agora estamos muito adiantados na caminhada para que eu possa desistir.

Em minha defesa, a ideia de uma caminhada parecia meio romântica. Mas eu deveria ter me lembrado de que fazer qualquer coisa envolvendo Evan parece romântico, então, por que não fazer algo cercado pela civilização?

— Eu acho que é isso. — Evan aponta para algo escuro ao longe.

A princípio, acho que é uma árvore grande, mas quando chegamos um pouco mais perto, percebo que é uma casa – ou uma cabana na floresta, como provavelmente são chamadas. Não, esta *é* uma cabana... na floresta, também conhecida como o cenário mais comum de filmes de terror.

— Tem certeza de que devemos entrar lá? — Sussurro. — Já estamos invadindo.

Evan olha para mim. — Você quer voltar?

Bato em algo tentando morder as costas da minha mão. — Quais são as chances de seu avô ter colocado o tesouro no covil de um serial killer?

Como Evan consegue levantar a sobrancelha de uma maneira tão sexy? — Por que um serial killer?

Eu dou de ombros. — Eu vi um especial recentemente e eles disseram que muitos serial killers eram nativos da Flórida. Ted Bundy, Aileen Wuornos, David...

— Não vejo caminhão de sorvete em lugar nenhum — diz Evan — Ou um cara vestido de palhaço.

— Você está pensando em John Wayne Gacy — digo — E não acho que ele fosse do Estado do Raio do Sol.

— Ótimo, então sabemos que não há palhaço assassino. — Evan dá um passo confiante em direção à cabana. — Se você quiser, pode esperar aqui.

— Sem chance. — Mas deixo que ele assuma a liderança enquanto caminha até a estrutura e bate.

Sem resposta.

Ele empurra a porta.

Não há como isso apenas...

A porta se abre e nem sequer range nem nada, como aconteceria em um filme de terror. Então, novamente, talvez tenha sido untada com a gordura da última vítima do assassino?

— Esta é uma má ideia — Sussurro — Estamos invadindo e a porta estava destrancada - quão roteirizado é isso? Também...

Não tenho certeza se Evan me ouve, mas ele entra.

Espero um pouco, mas não ouço nenhum grito de dor, então, como uma idiota, sigo... e suspiro.

O lugar cheira a pinheiros e é surpreendentemente muito aconchegante, com móveis luxuosos e pisos cobertos de peles e tapetes. Mas não é por isso que estou fascinada. Há literalmente um baú de tesouro no meio da sala de estar, saído diretamente do set de *Os Piratas do Caribe*.

Evan aponta para o peito. — Não sou tão bom quanto você quando se trata de pistas e outras coisas, mas acho que é isso que estamos procurando.

Tenho tantas perguntas que nem sei por onde começar. O que é este lugar? Quem construiu? Por quê? Se este é o tesouro, como sobreviveu todo esse tempo com a porta destrancada?

Então novamente: Nós. Encontramos. O. Tesouro. Tento não pular como Reagan faria. — Podemos simplesmente pegar? E se pertencer ao serial killer?

— Quando você desenterra um tesouro, ele geralmente está escondido em terras que pertencem a alguém que não é você, então, você está falando sobre um problema genérico com a caça ao tesouro. — Evan vai até o baú e abre a tampa.

Dentro do baú há um baú menor.

Evan murmura alguma coisa e tira aquele baú menor, apenas para encontrar outro baú menor aninhado dentro, estilo matryoshka. Não é de surpreender que haja mais baús nele, e assim por diante, até que finalmente Evan descobre uma caixa de vidro do tamanho da palma da mão.

Dentro desta caixa está um relógio de homem muito chique, mas mal olho para ele porque toda a minha atenção é captada pelo par de brincos mais lindo que já vi, na vida real e nos filmes. Cada peça é feita de ouro branco ou platina e apresenta em destaque uma safira gigante que me lembra o colar que a velha senhora jogou no oceano no *Titanic*.

— Posso reivindicar o relógio? — Evan pergunta.

Desvio os olhos dos brincos. — Por quê? Tudo isso pertence a você... ou ao serial killer.

Evan balança a cabeça. — Um acordo é um acordo. Concordamos em compartilhar o tesouro. — Com isso, ele pega o relógio e prende-o no pulso.

Dado que estamos numa cabana na floresta, qual a probabilidade de eu estar possuída pelo fantasma de um corvo? Meus olhos voltam para os brincos brilhantes no momento em que murmuro: — Isso não está certo. Parece que custam uma fortuna.

Evan dá de ombros. — Eles pertenciam à minha falecida avó. Tendo conhecido você, tenho certeza de que ela gostaria que você os tivesse.

Eu não deveria aceitar algo tão caro, muito menos uma herança de família. É demais. Tudo o que fiz para ganhar isso foi levar Evan no que foi basicamente uma excursão divertida pela Flórida. Mas os brincos são tão lindos. E Evan é bilionário, então, o custo não significa nada para ele, certo? Para não mencionar...

Não. Estou apenas racionalizando. Não posso, em sã consciência...

— Basta experimentá-los — Evan murmura.

Dou um passo para trás. — Se eu os colocar, não tenho certeza se poderei devolvê-los.

— Não vou aceitá-los de volta — diz Evan — Eles ficam aqui ou vêm conosco.

— Deixar esses brincos aqui no meio do nada seria um sacrilégio. — Com o coração martelando no peito, coloco os ganhos.

— Lindo — diz Evan, me estudando com um sorriso torto. — Agora vamos embora.

— Espere. — Pego meu telefone, mudo para o modo selfie e olho para mim mesma.

Uau. Normalmente não gosto de joias, mas a onda de sentimentos afetuosos em relação aos brincos me deixa preocupada com a possibilidade de me tornar má, desenvolver transtorno de personalidade múltipla e depois passar todos os meus dias chamando os brincos de "meus preciosos" com uma voz não muito diferente da de Gollum.

— Pronta? — Evan pergunta.

Concordo com a cabeça, e ele lidera o caminho de volta para o carro, uma viagem que passa com muito mais facilidade do que a nossa jornada até aqui – pela qual dou crédito aos "meus preciosos", é claro.

Enquanto voltamos, me admiro no espelho do quebra-sol. Então, quando paramos na garagem de Evan, olho para o relógio dele, realmente notando pela primeira vez.

Eu franzo a testa. — Seu relógio parece familiar.

Evan estaciona o carro e olha para o pulso. — Era do meu avô. Ele nunca deixou ninguém o tocar.

Espera aí. — Nunca?

— Não. Ele era bastante frugal, especialmente considerando sua riqueza, mas...

— Você está mentindo. — O carro de repente parece sufocante, então eu saio.

Evan salta do carro também. — Por que você disse isso?

Dado o quão culpado ele parece quando pergunta, tenho certeza de que estou certa, mesmo que esteja confusa quanto aos seus motivos.

— Eu vi exatamente esse relógio no seu pulso no álbum de fotos — digo. — Você usava terno e seu avô estava na mesma foto. Se ele era tão contra que alguém mexesse em seu relógio, por que ficou tão feliz naquela ocasião?

Nunca vi alguém literalmente bater na testa, mas é isso que Evan faz. — Eu esqueci completamente daquela foto.

Coloco as mãos nos quadris. — Explique-se.

Evan suspira. — Alguma chance de discutirmos isso durante o jantar?

— Não. Me diz agora. — De repente perdi o apetite.

Evan solta um suspiro. — Você provavelmente já adivinhou. A caça ao tesouro foi uma farsa.

Eu fico boquiaberta para ele. — O quê?

Eu sabia que ele estava mentindo e isso doía, mas ainda não tinha me dado conta do *quanto*.

Evan dá um passo para trás. — Merda. Se você não adivinhou, acho que acabei de me entregar.

— A caça ao tesouro não era real? — Pergunto.

Agora que penso nisso, isso explica muitas pequenas peculiaridades. Por exemplo, como Evan estava confortável na cabana na floresta. Ele provavelmente é o dono daquele lugar. Ou como a primeira pista foi a faculdade que ele frequentou. Ou como ele nunca ficou desapontado ou surpreso quando não encontramos nenhuma pista nos locais "errados". Ele não se importou porque era *muito* rico; foi...

— Lembra quando eu me ofereci para te mostrar o lugar? — Evan pergunta defensivamente. — Você recusou e depois mencionou que gostava de mapas do tesouro, então inventei uma história sobre meu avô deixando um para mim.

Eu apenas fico olhando de boca aberta, então ele continua: — Criei o mapa e o código usando a história da Flórida e envelheci com manchas de café.

Então é por isso que os documentos cheiravam a algo que me lembrava Nova York – era o café.

— Pedi então a Boone que colocasse o relógio e os brincos em uma caixa na velha cabana. Os baús foram um toque dele – espero que ele não os tenha recolhido no ferro-velho.

Eu cerro os dentes. — A cabana na floresta era sua, não era?

Ele concorda. — Isso e alguns hectares de floresta circundante. Não estávamos invadindo. Desculpe por ter levado você a acreditar que sim.

— Você sente muito — digo sem emoção.

— Sim — Ele diz — Desculpe por ter mentido. Eu simplesmente queria passar algum tempo com você.

Oh.

Agora não sei o que pensar ou sentir. Eu deveria estar brava? Lisonjeada? Ambos? Acho que os dois, certo? Então, novamente, a caça ao tesouro foi divertida e eu passei todo esse tempo na companhia dele, o que foi muito divertido, então talvez eu devesse estar grata?

Sim, isso é muito confuso, especialmente porque estou voltando para casa amanhã e sinto como se um elefante tivesse cagado no meu peito cada vez que penso em entrar naquele avião.

Evan dá um passo em minha direção. — Vamos entrar. Vou fazer o jantar e...

— Não. — Limpo uma gota de suor da minha testa. — Preciso de tempo para processar tudo isso.

O rosto de Evan cai. — Tempo é a única coisa que não temos.

O estúpido elefante caga outra vez. — Eu sei. — É parte da razão pela qual estou tão sobrecarregada.

Evan diminui a distância entre nós e pega minha mão, mexendo em meu cérebro já confuso. — Havia algo que eu queria conversar com você durante o jantar.

Minha barriga tremula, como tiras de papel levadas pelo vento. — O quê?

Ele aperta minha mão. — Eu não quero que você vá embora.

Minha pele formiga, e não apenas onde sua mão toca a minha. Assim que ouço essas palavras, percebo que meu maior sonho é ouvi-lo dizê-las, porque quero desesperadamente ficar. Exceto que talvez eu devesse ter temido essas palavras. Elas tornarão a partida muito mais difícil e ficar não é uma opção. — Você não quer? — Consigo dizer.

Ele balança a cabeça veementemente.

Eu olho nas profundezas de seus olhos azuis como um Husky. — Eu também não quero ir embora, mas preciso. "Eufemismo" não é apenas uma palavra que me daria dezessete pontos nas Palavras-cruzadas.

— Mas, e você? — Ele pergunta, franzindo a testa.

Cubro sua mão com a minha. — Eu moro em Nova York e você mora aqui.

— Isso pode ser mudado — diz ele. — Eu sei que só se passaram alguns dias, mas pensei que talvez...

— Pare — digo sem fôlego. — Isso deveria ser uma aventura. — O que aconteceu apesar de nossos melhores julgamentos.

— Não. — Ele gentilmente massageia minha palma. — Eu não queria rotular o que quer que fosse exatamente porque odiava a ideia de uma aventura. E você também.

Meu batimento cardíaco dispara. — Você vai para Nova York comigo? — Acerte meu sonho anterior. É isso.

Ele franze a testa. — Tenho muitas terras aqui, o que traz responsabilidades. Além disso, não posso simplesmente abandonar meu trabalho de voluntariado. E tem o surf. — Ele me olha implorando. — Eu esperava poder persuadi-la a ficar aqui.

E lá vai, meu sonho estourando como um balão dentro de uma cabeça de papel machê. Pisco lentamente para Evan, como Sally faria. — Eu não posso ficar.

— Por que não? — Ele afasta as mãos e sinto falta delas imediatamente.

— Minha profissão...

— Lembra da ligação que tive que fazer esta manhã? — Evan pergunta, seus olhos brilhando. — Era para falar com Calvin.

Eu fico olhando para ele. — Calvin é o cara com as vacas de estimação?

— Exatamente, embora ele seja mais famoso por aqui por ser o dono da clínica veterinária local – as vacas e seus outros peludos são uma extensão disso. De qualquer forma, ele disse que deixaria você cuidar dos cães em seu consultório e pagar...

— Não. — Eu engulo. — Mesmo que eu tivesse um emprego – e isso parece bom demais para ser verdade – eu não poderia ficar.

Ele enrijece, e não de uma forma divertida. — Não?

— Minha vida inteira está no Brooklyn. — Talvez eu devesse fazer do "eufemismo" meu nome do meio?

Ele exala alto. — Então não fique. Prolongue suas férias por um mês. Veja onde isso vai dar. Talvez então eu pudesse...

— Não posso.

Mesmo que eu queira desesperadamente, mais do que tudo, simplesmente não é possível.

— Você não *pode* ou não *quer*? — A pergunta é feita com tanta intensidade que dou um passo para trás.

— Acredite, eu adoraria prolongar as férias, mas realmente não posso. Tem uma coisa que eu nunca te contei, uma coisa...

— Você tem alguém em Nova York? Um namorado? — Seu olhar azul fica gelado. — Um marido?

— Não! — Como ele pôde pensar isso de mim? Reúno minha coragem. Eu deveria ter confessado tudo mais cedo, muitas vezes. — Sou solteira — digo e respiro —, mas eu tenho um filho, e ele não pode simplesmente...

— Um filho? — Evan parece atordoado, como se tivesse fumado maconha o suficiente para matar Cheech e Chong[2].

— Sim. Me desculpe por nunca ter mencionado ele. Apesar de um milhão de oportunidades para fazê-lo. Eu sei que deveria, mas isso era temporário, e você odeia crianças, então eu só...

— Odeio crianças? — O olhar de Evan se aproxima da frieza do zero absoluto. — Essa é a sua desculpa de merda para mentir?

Todo o meu corpo fica tenso. A acusação dói ainda mais porque não é totalmente injusta, mas será que ele não ouviu o provérbio sobre as casas de vidro? — Ao contrário de você com sua besteira de tesouro, eu não menti.

Simplesmente omiti um pouco da verdade.

— Então, que palavra você usaria? — Ele diz em um tom que não aprecio. — Você não me contou sobre a coisa mais importante da sua vida. Achei que conhecia você, mas não tenho mais tanta certeza.

Eu cerro os dentes. — Achei que você não fosse um

____

2. Cheech and Chong é uma dupla humorística norte-americana que obteve uma larga audiência nas décadas de 1970 e 1980, fazendo diversos filmes com temas como a era dos hippies, "paz e amor" e, especialmente, a maconha.

idiota mentiroso, mas talvez eu também não te conhecesse tão bem.

Ele se afasta de mim. — É melhor eu ir antes de dizer algo de que me arrependerei.

— Espere. — Eu alcanço meus lóbulos das orelhas.

Ele se vira, e pode ser minha imaginação, mas vislumbrei uma centelha de esperança em seus olhos.

Abro os brincos. — Não me sinto bem em aceitar isso. Não após...

— Então jogue-os no lixo — Ele retruca antes de se virar novamente e entrar em sua casa, batendo a porta com tanta força atrás de si que tenho quase certeza de que ele precisará de dobradiças novas.

Sentindo-me como aquelas dobradiças, fico ali parada, lutando contra a vontade de correr atrás dele. Bater na porta até que ele a abra, depois, inclinar meus lábios sobre os dele e reivindicar mais uma noite. A última noite.

Mas não.

Mais tempo com ele só vai me fazer sofrer ainda mais. De certa forma, essa briga foi uma bênção disfarçada. Seríamos forçados a nos separar, de qualquer maneira, mas isso seria como arrancar um Band-aid. Exceto que me sinto mais como um Yeti que está fazendo uma depilação em todo o corpo.

Com um esforço monumental, forço minhas pernas a caminhar em direção à casa alugada, ignorando o tempo todo a pressão que aumenta atrás de meus olhos.

Uma vez lá dentro, me preparo para dormir, embora ainda não tenha anoitecido. Só quando entro no chuveiro é que um soluço escapa dos meus lábios, minhas lágrimas se misturando com a água quente que atinge minha pele.

Capítulo Vinte E Quatro

EVAN

Na minha casa, bato porta após porta, e só paro quando Harry me olha preocupado e choraminga.

Cara humano, isso não é nada incrível. Eu nunca vi você tão exasperado.

Sally também parece preocupada, a julgar pelo movimento nervoso de sua cauda.

Achávamos que tínhamos um acordo com nosso captor: todos deveriam agir de maneira civilizada, ou alguns de nós comeríamos os olhos dos outros.

— Desculpem, rapazes. — Vou até a cozinha e os alimento antes de preparar meu sanduíche de Brie grelhado favorito – que hoje tem gosto de sorvete de astronauta sem açúcar, sem gordura, sem laticínios e liofilizado.

No meio da refeição, afasto meu prato, coloco meu laptop na mesa da cozinha ao lado de um copo e vasculho meu freezer em busca de uma garrafa gelada de vodca St. Augustine.

Agora que tudo está pronto, faço uma videochamada para Mason.

Assim que ele atende, pergunto: — Bebe comigo?

Ele inclina a cabeça. — Onde está o obrigatório, 'Ei, Mason, como vai?'

Eu suspiro. — Ei, Mason, como vai? Agora, podemos beber?

Assentindo, Mason desaparece e reaparece com uma garrafa dourada adornada com uma águia de duas cabeças.

Pego meu copo. — A vodca de um milhão de dólares, de novo?

— Um vírgula três milhões. — Mason se serve de uma dose de 81.250 dólares. — A inflação é uma merda.

Bebo minha dose de um só gole e sigo com outra.

Quando olho para a tela, a sobrancelha de Mason está arqueada. — As coisas estão tão ruins assim?

— Eu não quero falar sobre isso. — Bebo outra dose.

— Bom. — Mason combina minha dose com a dele.

— Certo. — Outra dose. — Eu te conto se você me contar por que ligou outro dia.

— Perdemos um jogo — diz Mason. — E não vejo sentido em você me contar nada.

Então, eu estava certo quando teorizei sobre a derrota do time de hóquei outro dia. Não que estar certo – ou qualquer outra coisa – possa me animar no momento.

— Tudo começou quando uma mulher alugou meu Airbnb — digo e começo a contar a história, bebendo doses nos pontos críticos à medida que vou avançando. Ao longo de toda a minha história, a expressão de Mason não muda e ele fica em silêncio quando termino. — Puxa. Obrigado pelo conselho. — Eu tomo outra dose.

— Você sabe que eu não tenho relacionamentos. — Mason se serve de mais vodca. — Para que serve meu conselho?

— Eu também não achava que teria relacionamentos.

— E isso era inteligente. Volte para isso. Os surfistas não têm algo parecido com coelhinhas?

Eu balanço minha cabeça. — Os surfistas profissionais têm groupies. As coelhinhas da praia são o que algumas pessoas chamam das surfistas, mas tenho certeza de que não é isso que você quer dizer.

— Obrigado por expandir meu vocabulário — diz Mason. — Deve ser útil durante meu próximo jogo de Palavras-cruzadas.

— Vai se foder. — Eu sabia que não deveria ter contado a ele sobre meu gosto por esse jogo.

Eu, demonstrativamente, estendo a mão para desligar meu telefone.

— Espere. — Mason toma sua dose. — Você não acha que exagerou quando ela lhe contou sobre o filho?

— Próxima pergunta — Rosno.

— Certo. Por que vocês dois não podem ter um relacionamento à distância?

— Longa distância? — Coço a nuca. — Honestamente, eu nem pensei nisso.

— Não com a cabeça de cima, isso é certo.

Eu dou de ombros. — Qual seria o sentido de um relacionamento à distância?

— Qual é o sentido de *qualquer* relacionamento?

Não tenho ideia, mas sei que quero Brooklyn fisicamente ao meu lado, não como uma pequena imagem na tela. — Esta conversa está ficando tediosa.

Mason abre as mãos. — Eu disse que não via sentido em você me contar nada.

Ele disse e não foi nem um pouco útil, mas, de alguma forma, me sinto um pouco melhor. O suficiente para parar de beber, de qualquer maneira.

— Obrigado — digo a Mason. — Acho que vou me deitar.

— Cabeça fraca.

— Comparado a um urso como você, todo mundo é um cabeça fraca. — Estou oficialmente bêbado ou foi uma boa resposta?

Não tenho ideia, mas acho que Mason sorri antes de desligar.

Empurrando a garrafa de vodca, percebo o quanto desapareceu.

Merda.

Eu me levanto e a sala estúpida começa a girar.

Isso é o que acontece quando você fala sobre seus sentimentos. Espero não ter intoxicação por álcool.

Ainda bem que alimentei Harry e Sally. Eu não posso fazer nada agora. O melhor que posso é esperar chegar à minha cama.

Acordo no sofá da sala.

Huh. Acho que minha ambiciosa jornada pós-bebida para o quarto não deu certo como eu esperava. Então, novamente, eu deveria estar com uma dor de cabeça terrível, mas não estou. Apenas tontura e falta de vontade de beber nunca mais.

Talvez eu devesse ligar para Mason e dizer que não sou tão fraco, afinal?

Falando nessa conversa, agora que estou sóbrio (ou, pelo menos, mais sóbrio), percebo que Mason estava certo quando me acusou de reagir exageradamente à notícia de que Brooklyn teria um filho. Eu mesmo teria chegado a essa conclusão, tenho certeza, mas acho que é útil que isso seja apontado. Reagi exageradamente e suspeito que foi em parte porque Brooklyn disse "você odeia crianças", uma frase que ouvi várias vezes durante rompimentos, geralmente depois de contar sobre minha vasectomia.

Eu não odeio crianças. Se eu odiasse, por que me voluntariaria no acampamento? Fiz vasectomia por um motivo totalmente diferente.

Falando na maldita vasectomia, nunca contei isso a Brooklyn, o que pode ser tanto uma mentira por omissão quanto ela não me contar sobre o filho. E não vamos esquecer que eu menti para ela sobre o tesouro, que ela aceitou muito bem.

Porra. Que direito eu tinha de ficar tão chateado? Não faço ideia, mas aposto que estar com fome era uma variável mais uma vez.

Eu tenho que consertar isso.

Levantando-me de um salto, corro até o banheiro e fico apresentável antes de correr para a casa alugada de Brooklyn, que está vazia.

Bem, não completamente vazia. Na mesa da cozinha há um bilhete com os brincos da minha avó.

Não pude jogá-los fora e não posso levá-los comigo, diz.

Merda. Ela fez o check-out. Bem desse jeito. Sem adeus?

Acho que não mereço um depois de quase arrancar sua cabeça.

Enfiando os brincos no bolso, ligo para Boone.

— Alô — Boone diz.

— Bom dia. Preciso de uma carona.

Desta vez, não estou apenas dando a Boone a chance de ganhar dinheiro. Em nossa pequena cidade, esperar por um Uber demoraria muito.

Persegui-la no aeroporto pode ser clichê, mas é a única coisa que me resta.

— Bom dia? — Posso ouvir um sorriso na voz de Boone. — É meio-dia e meia.

Porra. De acordo com o relógio do micro-ondas, ele está certo.

Pode ser por isso que não sinto muita ressaca, o que ainda não significa que meu índice alcoólico esteja abaixo de 0,08, o que me deixaria seguro para dirigir.

Quando é o voo de Brooklyn? Eu já o perdi?

Porra. Eu nem sei qual aeroporto ou companhia aérea. Eu contava tanto com convencê-la a ficar que nunca perguntei detalhes de sua viagem para casa.

— Quando você pode estar aqui? — Eu exijo.

— Dois minutos — diz Boone. — Eu estava cortando a grama na sua comunidade.

Ah. Certo. Contratá-lo, apesar de sua condenação anterior, foi uma das poucas coisas que incentivei a AMO a fazer. Boone teve problemas com a lei por fazer bebida alcoólica caseira sem licença, o que não significa exatamente "incapaz de fazer paisagismo".

Corro de volta para minha casa e pego um pouco de comida na geladeira – é melhor falar com Brooklyn de estômago cheio, presumindo que tenha oportunidade. Enquanto estou aqui, alimento Harry e Sally também e, quando termino, Boone está parando na minha garagem.

— Para o aeroporto de Jacksonville — digo a ele, escolhendo o maior e mais próximo, pois é mais provável que seja o ponto de partida de Brooklyn. — E pisa fundo.

Ele faz exatamente isso, dirigindo como se estivesse em um episódio de *Os Gatões*.

À medida que avançamos, uso meu telefone para pesquisar em qual voo Brooklyn provavelmente estará, e olhar para uma tela em um carro tão rápido não ajuda a minha tontura restante. Ignoro os voos antes das 13h, pois não tenho chance de chegar até eles, e me concentro nos que vão para JFK porque é mais perto do Brooklyn. Isso me dá um candidato: o voo da Delta à uma e meia.

Exceto que mesmo com a nossa velocidade atual, não poderei chegar ao aeroporto a tempo de interceptá-la se ela estiver nele. Quando conto isso para Boone, ele *realmente* pisa no acelerador. Seu pobre carro treme como se fosse desmoronar, mas milagrosamente isso não acontece.

Igualmente milagrosamente, não somos parados pela polícia. Em vez disso, entramos no aeroporto a uma velocidade tal que Boone quase atropela uma senhora antes de parar bruscamente – uma senhora nova-iorquina, suspeito, pelo menos se o dedo do meio que ela nos mostra servir de indicação.

Quando saio do carro, Boone me deseja sorte, sua respiração difícil parecendo que ele me carregou até aqui nas costas.

Corro para dentro até o guichê mais próximo. A essa altura, Brooklyn já deve ter passado pela segurança, e eles não me deixarão passar se eu não for passageiro.

— Me vê uma passagem — Exijo.

A senhora no balcão franze a testa. — Para onde?

— YUM — Respondo. Nunca voei para este aeroporto específico em Yuma, Arizona, mas com um código como esse, é melhor que eles tenham os melhores restaurantes do mundo.

A senhora me entrega a passagem e corro para a

segurança, agradecendo aos deuses da segurança aeroportuária por ter sido pré-autorizado para uma triagem rápida.

O problema é que há uma fila de outros passageiros expressos, e ela é longa – embora não tão longa quanto a fila normal.

Rangendo os dentes, espero. E espero. E espero.

Quando passo pela segurança, tenho que correr a toda velocidade até o portão de Brooklyn.

Merda. Eles estão quase terminando o embarque e, o que é pior, vejo Brooklyn mostrando sua passagem ao agente.

Adivinhei certo sobre o voo dela. E ainda vou perder.

— Espere! — Eu grito. — Brooklyn, espere!

Nenhuma reação – a não ser entrar no portão. Ela não me ouviu ou, pior, fingiu não ouvir.

Porra.

Eu ganho velocidade, mas eles já estão fechando as portas.

Quando chego lá, as portas estão trancadas e a agente que as trancou está indo embora.

Eu corro atrás dela. — Posso entrar aí, por favor? — Aponto o polegar para o portão, sem me preocupar em mencionar que não sou passageiro.

— Sinto muito, querido — Ela diz. — Uma vez que a porta está fechada, ela não pode ser aberta. Você terá que pegar o próximo voo.

Tiro uma pilha de centos da minha carteira. — Você pode abrir uma exceção, só desta vez?

A agente olha avidamente para o dinheiro. — Confie em mim, para isso, se eu pudesse, eu o faria. Mas não posso.

E é isso.

Não tenho certeza se é a crise pós-perseguição ou a ressaca, mas me vejo afundando em uma cadeira próxima, totalmente esgotado e derrotado.

Talvez seja o melhor.

Mesmo se eu tivesse alcançado Brooklyn, não tenho ideia do que teria dito.

Capítulo Vinte E Cinco

BROOKLYN

— Por que demorou tanto? — Reagan me pergunta quando chego ao meu lugar.

— Tenho uma pergunta melhor: por que você não esperou por mim? — digo severamente.

Assim que mostrei a passagem do meu filho ao agente, ele correu para seu assento, passando furtivamente por outros passageiros e escalando assentos vazios.

— Eu não esperei porque você demorou muito. — Reagan me dá aquele sorriso infantil que o deixa escapar impune de quase tudo.

O lado positivo de seu charme e habilidade em prevaricação é que um dia ele poderia se tornar advogado. Ou esse é o lado negativo?

— Sua atenção, por favor — diz uma voz desencarnada.

À medida que a fala de segurança continua, duvido mais uma vez da parte "coloque a máscara de oxigênio em você antes do seu filho" porque vai contra todos os meus instintos maternais.

— O acampamento foi incrível — diz Reagan quando o anúncio de segurança termina. — Fizemos caminhadas e comemos marshmallows e...

Ele começa a descrever sua experiência com entusiasmo, e eu escuto atentamente até o avião decolar, momento em que presto apenas metade da atenção, porque conforme a Flórida fica cada vez menor na janela, algo em meu peito se contrai em proporção direta.

Droga. Eu esperava que quanto mais longe estivesse de Evan, melhor me sentiria. Até agora, parece que o oposto é verdadeiro, e embora ouvir Reagan compartilhar com entusiasmo suas aventuras no acampamento me anime um pouco, também me lembra de coisas que Evan e eu fizemos, como caminhar e comer refeições deliciosas. Além disso, o casal próximo e feliz me lembra Evan também, e sinto uma pontada ilógica de inveja por eles ficarem juntos enquanto Evan e eu estamos prestes a nos separar por centenas de quilômetros depois de terminar as coisas em condições tão ruins.

É preciso um esforço enorme para manter uma fachada feliz para meu filho, tanto que, quando chegamos em casa e estou sozinha na cama, acabo chorando muito alto no travesseiro, como um bebê demônio.

Capítulo Vinte E Seis

BROOKLYN

— 'O tempo cura todas as feridas' é uma besteira total — digo enquanto ensaboo o Sr. Goobers com xampu.

Jolene e Dorothy acenam com a cabeça em uníssono, me incentivando a continuar falando.

Verifico Reagan, que ainda está ajudando do outro lado do salão e não causando travessuras. Hoje é o nosso primeiro dia de "traga seu filho para o trabalho" e não quero que seja o último.

— Já se passaram noventa e seis horas desde que deixei a Flórida — Continuo —, mas estou sentindo mais falta de Evan, não menos.

Jolene e Dorothy acenam com a cabeça novamente.

— Não ajuda que ele tenha me ligado. — Eu suspiro. — E me mandou uma mensagem e até escreveu uma mensagem para mim no aplicativo do Airbnb.

— Eu vi a crítica que ele deixou lá — diz Jolene. —

Cinco estrelas de 'apenas atenda minha ligação, por favor'.

Verifico se estou feliz com o quão espumoso o Sr. Goobers está. Por ser um Komondor, ele parece um esfregão em um dia normal, mas com espuma, até mesmo um faxineiro experiente pode agarrá-lo por engano e começar a limpar.

— Talvez você devesse atender a ligação dele? — Dorothy sugere suavemente.

Começo a enxaguar o Sr. Goobers. — Assim que decidi que faria isso, ele parou de ligar.

— Quando foi isso? — Jolene exige.

Eu dou de ombros. — Há algumas horas?

— Então, que tal você ligar de volta para ele? — Dorothy sugere.

— Ainda não cheguei lá. — Mas estou chegando perto disso. — Mas chega de falar de mim. O que há de novo com vocês?

Dorothy troca um olhar tímido com Jolene, que acena minuciosamente com a cabeça.

Dorothy respira fundo. — Estamos namorando.

— E já faz algum tempo que queríamos contar a você — diz Jolene —, mas isso nunca surgiu.

— Vocês estão? — E não estou com inveja, juro por um maço de Bíblias. — Quem?

Elas trocam um olhar confuso. — Dorothy acabou de te contar — diz Jolene — Estamos namorando... uma à outra.

Eu olho para minhas amigas sem piscar. — Vocês estão namorando. Tipo romanticamente? — Era difícil acreditar que elas haviam colaborado o suficiente para me proporcionar aquelas férias, mas isso...

— O que posso dizer? — Jolene dá de ombros. — Os opostos se atraem.

— Como somos opostos? — Dorothy exige.

— Sexualmente — diz Jolene sem um momento de hesitação. — Também espiritualmente, temperamento...

— Espere. — Viro-me para Dorothy. — Você é gay?

Dorothy cora. — Considere isso eu saindo do armário.

Eu me viro para Jolene. — Mas... tudo que você faz é falar sobre paus. — Além disso, embora não vá tocar no assunto, já a vi sair de um bar com um cara mais de uma vez.

Jolene sorri. — Eu não te disse que era pansexual?

— Não.

Ela franze a testa. — Eu poderia jurar que sim.

Ela disse? — Você fala tanto sobre algo sexual que às vezes eu me desligo.

— E você não está sozinha — Acrescenta Dorothy.

— As pessoas que não ouvem não são problema meu — diz Jolene — Tudo que sei é que sempre fui aberta sobre isso. Sinto-me atraída por pessoas independentemente do sexo, mas você está certa sobre uma coisa. Eu gosto de paus, por isso comprei um dos melhores para Dorothy usar.

Merda. Isso explica a maneira como elas têm estado juntas ultimamente. Caso em questão: Dorothy veio com Jolene hoje para mimar o cachorro de

Jolene, algo que nunca teria acontecido no passado. Mas...

— Você prometeu ser discreta — Dorothy sussurra, tirando-me do meu torpor revelador.

— Eu não mencionei em qual dos meus orifícios o Totó penetrou — Rebate Jolene — Não é essa a definição de ser discreto?

Elas começam a discutir, e a avalanche de informações secretas continua, mas ainda estou atordoada demais para dizer qualquer coisa... isto é, até que eu deixo escapar: — Se vocês duas terminarem, vou continuar amiga das duas e não escolher um lado. Nunca. Eu não me importo com quem faz o que e para quem. Entendido?

— Justo — dizem elas em uníssono.

— Mas não acho que vamos terminar — Acrescenta Dorothy timidamente. — Mesmo que ocasionalmente briguemos.

Ocasionalmente?

Para minha surpresa, Jolene agarra a mão de Dorothy e aperta-a com ternura. — Eu também não acho que vamos terminar. Mas mesmo que o façamos, voltaremos a ficar juntas - o sexo de reconciliação será muito bom.

É isso. Mente oficialmente explodida. Se fosse primeiro de abril, eu suspeitaria que fosse uma brincadeira, mas posso dizer que não é - o olhar carinhoso que acabaram de compartilhar não pode ser falsificado. Pelo menos essas duas não são tão boas em atuação.

— Estou feliz por vocês — digo quando percebo que Jolene está olhando para mim com expectativa e Dorothy com uma ponta de preocupação. — Eu realmente estou.

— Obrigada — diz Dorothy.

— Sim — diz Jolene —, e tenho certeza de que você e Evan irão...

A porta do salão se abre com um barulho alto e fico boquiaberta quando Evan entra, parecendo tão elegante como sempre.

Espere. Estou alucinando com ele porque Jolene acabou de dizer o nome dele? Ou é algum sósia estranho?

Não.

É ele.

Não há como confundir aqueles olhos de Husky e ombros largos.

Borboletas iniciam uma orgia na minha barriga.

— É ele — Sussurro para minhas amigas, ainda atordoada.

Elas se viram em uníssono e Jolene assobia e depois sussurra: — Ele é o diabo? Eu mal falei o nome dele e lá está.

— Neveah! — Dorothy grita. — Você pode assumir aqui?

Balanço a cabeça, mas mantenho os olhos em Evan, que está examinando o lugar, claramente me procurando. — Neveah fará o Sr. Goobers parecer um Poodle.

— E daí? — Dorothy diz — Qualquer coisa será

uma melhoria em relação ao seu atual cosplay do Primo Itt.

— Aposto que o Sr. Goobers ficará incrível com um estilo de Poodle — diz Jolene — Todas as cadelas estarão aos pés dele.

É possível que Jolene diga mais, mas Evan me vê naquele momento e vem em minha direção, então dou um passo atordoado em direção a ele, deixando o cachorro e minhas amigas para trás.

O que eu realmente quero é pular em Evan e subir nele como uma árvore, mas ainda não sei onde ele e eu estamos. Além disso, meu chefe está no caixa e minhas amigas estão atrás de mim – sem falar que meu filho está no canto. Então, eu tenho que inventar algo mais domesticado, como um fraco — Oi.

— Oi — Evan responde suavemente quando está a poucos metros de mim. — Eu...

— Sr. Wilcox? — Exclama Reagan.

Meus pés estão subitamente colados ao chão, meus olhos esbugalhados.

Quando Evan avista meu filho, ele para e percebo que ele quer esfregar os olhos para verificar se está sonhando.

— Ei, garoto — Ele diz em vez disso. — Eu já te disse: me chame de Evan.

— Espere — Exclamo, alto demais. — Como vocês dois se conhecem?

Estou sendo punida? Existem câmeras de reality shows por aí?

Primeiro, minhas amigas se tornaram um casal.

Agora, meu filho e meu eu-ainda-não-sei-como-chamá-lo se conhecem?

Reagan franze a testa para mim. — Sr. Evan é o instrutor de surf do acampamento. Eu te contei tudo sobre ele no avião.

O que há com todo mundo me castigando por não ouvir? Para ser justa, eu estava ouvindo apenas parcialmente no avião. Claro, não sei se "Sr. Wilcox" teria até se registrado como "Evan" se eu estivesse prestando atenção total.

— Espere um minuto. — O olhar de Evan oscila entre Reagan e eu. — Reagan é seu filho? — Ele se vira para Reagan. — Brooklyn é sua mãe?

Reagan olha para ele com sua expressão super confusa. — Como vocês dois se conhecem?

Como posso responder a isso sem usar palavras como "caso de férias", "encontro" e "orgasmos"? Nunca trouxe um cara para casa nem conversei com Reagan sobre a possibilidade de namorar alguém, então, este é um território completamente novo para mim. Como ele reagiria se soubesse que seu "Sr. Evan" e eu estamos envolvidos em algo sem rótulos? Sem mencionar que ainda estamos no território "sem rótulo", já que não tenho ideia do que Evan está fazendo aqui.

— Sua mãe foi minha vizinha durante as férias — diz Evan, e estou tão grata que quero beijá-lo. Só que isso chocaria Reagan ainda mais, então, apenas aceno com a cabeça e lanço às minhas amigas um olhar suplicante.

— Sorvete — Jolene diz imediatamente. — Quem quer ir buscar um pouco?

O Sr. Goober abana o rabo para valer todo o seu pelo desgrenhado.

— Você não. — Jolene limpa o sabão que seu rabo espalhou em sua direção. — Você vai virar um Poodle. Mas vou te dar manteiga de amendoim quando chegarmos em casa.

Reagan olha para mim suplicante. — Posso ir também?

— Claro, mas tenho que ficar aqui, então será só com as tias Dorothy e Jolene — digo magnanimamente.

— OK. — Reagan sorri. — Posso pegar cinco bolas?

É como se ele soubesse que tem vantagem. — Quatro, mas não chocolate, tiramisu ou qualquer outro sabor que contenha cafeína. — Esta última parte é mais para benefício das minhas amigas do que para Reagan.

— Fechado — diz Reagan ansiosamente, fazendo-me pensar que sua primeira oferta foi uma tática de negociação para quatro bolas o tempo todo.

Definitivamente um advogado.

— Vamos. — Jolene agarra a mão direita de Reagan e Dorothy a esquerda – e ele permite. Se eu tivesse feito isso, ele bateria o pé e me lembraria que não é mais uma criança.

Quando eles estão prestes a sair, Reagan se vira para mim e sorri maliciosamente. — Tchau, mãe. Divirta-se conversando com seu *namorado*.

Minha boca se abre e quero afundar no chão. Não

ajuda que Jolene gargalha como uma vilã malvada e Dorothy bufa como um cervo excitado.

Felizmente, as duas tiram meu filho do salão antes que eu pense em uma resposta.

Quando a porta se fecha, ocorre-me que, se conseguir superar o constrangimento do que acabou de acontecer, há um lado positivo. A maneira como Reagan chamou Evan de meu namorado foi uma provocação tão casual que é improvável que ele se importe com a ideia de namorarmos. Talvez ele até aprove isso.

Não que estejamos namorando. Ainda estamos no território sem rótulos. Ou pior, rompidos. Exceto... ele está aqui.

Por que ele está aqui?

Antes que eu possa perguntar, Evan diminui a distância restante entre nós. — Ainda não consigo acreditar — diz ele, balançando a cabeça. — Reagan era meu aluno favorito no acampamento e é seu filho.

Esfrego minhas têmporas latejantes. — Não tente mudar de assunto.

Evan pisca para mim. — Qual assunto?

Ah. Certo. Só porque estou pensando uma pergunta tão alto na minha cabeça não significa que Evan possa ouvi-la. — O que você está fazendo aqui?

— Segure esse pensamento. — Evan vai até meu chefe, diz algo que não consigo ouvir, depois pega a carteira e entrega algumas notas. Voltando, ele aponta para a porta. — Vamos.

É a minha vez de piscar. — O que você fez?

— Paguei por uma sessão privada de cuidados.

Para um cachorro ou para si mesmo? — Não pensei que tivéssemos isso.

Evan dá de ombros. — Você faz isso quando o preço é justo.

OK. Sigo-o para fora do salão e atravessamos a rua até um pequeno trecho arborizado que passa por um parque neste bairro. Sento-me no banco onde costumo almoçar e Evan se junta a mim.

Eu olho para ele com expectativa.

Ele respira fundo. — Sinto muito — Ele diz suavemente, seus olhos combinando com o céu claro acima enquanto ele olha para mim.

Umedeço meus lábios. — Oh?

Ele pega minha mão na dele. — Sinto muito pela maneira como agi quando você me contou sobre Reagan. Você tinha todo o direito de não compartilhar todos os detalhes da sua vida comigo e...

— Não. — Eu engulo. — Eu deveria ter contado a você. Queria contar. Eu acabei de...

— Tudo bem. — Ele aperta minha mão. — Também quero deixar algo claro: não desgosto de crianças. De jeito nenhum. Eu nunca teria sido voluntário no acampamento se fosse esse o caso. Além disso, acontece que seu filho é particularmente simpático.

Ele é totalmente, embora eu seja admitidamente tendenciosa. — Agora me sinto ainda pior com o que disse sobre você.

Evan assente. — Você me viu com um Pikachu mutilado na mão e eu disse algo sobre um pirralho.

Não foi uma acusação completamente irracional. Doeu ouvir isso depois que nos conhecemos. Além disso, você não é a primeira mulher a dizer isso para mim.

Eu franzo a testa. — Não sou?

Evan solta minha mão. — Há algo que eu deveria ter contado a você também. Algo privado.

Meu coração afunda. Evan está prestes a me contar que é casado? Noivo? Eu me preparo para o pior.

— Fiz vasectomia — diz ele, como se admitisse algo vergonhoso.

Não era isso que eu esperava que ele dissesse. Uma vasectomia? Quando? Por quê?

— As mulheres sempre terminavam comigo depois que eu lhes contava sobre isso — Continua Evan — É por isso que eu não te contei. Eu queria, e ia, em breve, mas...

— Você pensou que eu iria terminar com você. Como as outras — digo, olhando para ele.

— Você vai?

Isso significa que ainda não estamos separados? E quanto a toda essa coisa de não rótulos?

— Não vou — digo com firmeza. Porque seja como for que chamemos ou não essa coisa entre nós, a vasectomia dele definitivamente não é um problema para mim.

— Porque você já tem um filho? — Ele pergunta, seu rosto se iluminando.

— Isso, e porque... — Engulo o nó repentino na garganta. — Não posso ter mais filhos.

Os olhos de Evan se arregalam. — Oh. Você...

— Lembra-se da minha antipatia por hospitais porque quase morri em um?

Ele concorda.

— Isso foi quando eu estava dando à luz a Reagan. — Respiro fundo e limpo a poeira que entrou em meus olhos por algum motivo. — Depois de me salvar, o cirurgião me disse que era improvável que eu voltasse a engravidar naturalmente.

Evan agarra minha mão novamente e dá um aperto suave. — Eu sinto muito.

— Tudo bem. — Sinto-me especialmente bem quando ele segura minha mão daquele jeito. — Se eu quiser desesperadamente outro filho no futuro, existem opções como a fertilização in vitro. — É extremamente caro, mas tudo que é médico é. — Posso perguntar por que você fez vasectomia?

Assim que vejo a dor em seus olhos, lamento a pergunta intrusiva, mas é tarde demais.

— Eu estava de luto pela minha mãe na época — diz ele — É possível que eu devesse ter adiado essa decisão para mais tarde. A questão é que soube que, se algum dia eu tivesse uma filha do sexo feminino, seria quase certo que ela acabaria como minha mãe. Eu não conseguia imaginar esse tipo de dor, então, saí e comprei o melhor controle de natalidade disponível.

Eu suspiro e o envolvo em um abraço apertado, lutando contra as lágrimas o tempo todo. — Isso é realmente uma merda. Sinto muito.

— Obrigado — Ele diz com voz rouca quando me afasto. — Assim como você, eu poderia ter um filho se *realmente* quisesse. Às vezes, uma vasectomia pode ser revertida e sempre há recuperação de esperma. — Ele estremece um pouco ao dizer a última parte. — Também é possível rastrear o DNA de um embrião.

Concordo com a cabeça e nos encaramos por um longo momento. Luto contra a vontade de abraçá-lo mais, ou pior, beijá-lo. Eu luto porque ele ainda não me contou uma coisa muito importante.

— Então... — Limpo a garganta. — Por que você está aqui?

Posso adivinhar, mas quero ouvi-lo dizer.

A dor desaparece de seu olhar, substituída por uma intensidade aquecida que dá um novo fôlego às borboletas na minha barriga. Abrindo novas garrafas de lubrificante, elas retomam a orgia enquanto Evan coloca uma mecha de cabelo atrás da minha orelha.

— Decidi que é hora de passar férias em Nova York — diz ele com um sorriso torto.

— Umas férias? — Talvez não seja uma orgia que as borboletas estão fazendo, mas um sexo grupal?

— Umas que vão durar até descobrirmos o que está acontecendo entre nós — Ele confirma.

Então... meu palpite estava certo. Isso me dá vontade de levantar meu punho no ar e fazer o que quero com Evan aqui mesmo neste banco, para todos os pombos agressivos verem. — E se demorar um pouco?

— Estarei aqui o tempo que for preciso. — Ele se aproxima de mim no banco – e já estávamos bem aconchegados.

Meu coração acelera ainda mais. — Mas, e quanto ao seu imóvel? — Ele sempre irradiou tanto calor? É como se ele tivesse trazido o sol da Flórida com ele.

— Anunciei minha casa no Airbnb e contratei alguém para administrar tudo — diz ele.

— E o acampamento? — Por que ainda não o estou beijando?

Sua testa enruga. — Vic me devia um favor, então pedi a ele para assumir meu lugar no acampamento.

— Dr. Hugo surfa? — Por que ainda estou usando nossos lábios de forma errada, falando?

Como se estivesse lendo minha mente, Evan examina meus lábios com avidez. — A aula contará com caiaque por enquanto.

— E quanto ao seu próprio surf? — Meus mamilos estão desconfortavelmente duros contra a minha camisa, então reajusto meu sutiã.

Os olhos de Evan esquentam – ele percebeu claramente meu comportamento elegante. — Rockaway Beach, no Queens, é aparentemente um ótimo local para surfar... embora eu teria vindo até você mesmo se você morasse no deserto.

— Você teria? — Eu respiro, meu peito se contrai.

— Sim. — Ele embala meu rosto com suas mãos grandes e quentes. — Eu percebi uma coisa. Você segura o mapa do tesouro em meu coração.

As borboletas na minha barriga atingem um orgasmo simultâneo. — Ei, isso é coisa minha.

— Então deixe-me colocar de outra forma. — Ele se inclina até que nossos lábios se roçam, e posso sentir o leve cheiro mentolado de seu hálito. — Eu te amo — Ele sussurra. — Eu sei que não nos conhecemos há muito tempo, mas eu...

— Eu também te amo. — Coloco minhas mãos sobre as dele e olho em seus olhos. — Você é a onda perfeita que eu sempre quis surfar.

— Ei, isso é coisa minha — Ele suspira, e seus lábios finalmente colidem com os meus.

O beijo é ardente e profundo. Parece a combinação de todos os beijos que teríamos recebido se eu tivesse ficado. Reafirmamos em nossas línguas dançantes todo o amor que acabamos de admitir um pelo outro e fazemos promessas de um futuro brilhante, que estou muito animada para começar.

BROOKLYN

— Não acredito que você é uma camponesa agora — diz Jolene, apontando para as ovelhas ao longe.

Olho em volta e vejo minha nova casa da perspectiva dela – os bosques com árvores frutíferas, os campos de grãos, todo o gado fofo e, o mais importante, as ondas do oceano ao longe.

Sim. Às vezes eu me belisco para ter certeza de que esta é a minha vida. Até Evan organizar tudo isso, eu nem imaginava que fazendas à beira-mar existissem, mas descobri que existem. Você só precisa ter certeza de que o solo é fértil, mas isso é algo que você precisa fazer em qualquer fazenda. Existem desafios, com certeza, como a corrosão mais rápida do equipamento por causa do ar do oceano, mas também há benefícios, como menos pragas, o que torna mais fácil manter os nossos alimentos orgânicos.

— O que não consigo acreditar é que ela concordou

em se tornar uma floridense — diz Dorothy — Não há nenhuma pizzaria boa à vista e nenhum ponto de referência.

Evan faz uma pizza incrível e St. Augustine tem muitos pontos de referência, mas não quero discutir. — Não pude evitar — digo, em vez disso — Depois do casamento, Reagan se juntou a Evan até que eles eliminassem todos os argumentos que eu pudesse apresentar contra a mudança.

Não que eu me importasse com a mudança, mas minhas amigas são nova-iorquinas tão fervorosas que tenho que pelo menos fingir que resisti.

— Bem, você não deveria ter se casado na Flórida — diz Jolene sabiamente. — Ou enviado Reagan para aquele acampamento novamente.

Ela está certa. Entre o casamento e todo aquele tempo no acampamento, Reagan se apaixonou perdidamente pelo Estado do Raio do Sol. — Em minha defesa, eu realmente queria meu casamento na Catedral Basílica. — Aponto na direção geral de St. Augustine.

— E a recepção no Museu Lightner — diz Dorothy em tom divertido.

— E sua lua de mel no Casa Monica Hotel — Jolene ecoa, em um tom estranhamente semelhante.

Suspiro contente. — Foi o casamento dos meus sonhos.

Jolene gentilmente dá uma cotovelada em Dorothy. — Ela é tão doce que vai nos causar diabetes.

— Não é assim que você consegue — diz Dorothy e

começa um sermão sobre todas as verduras que ela não conseguiu convencer Jolene a consumir.

— Onde está o aniversariante? — Jolene exige, interrompendo a diatribe de Dorothy sobre couve.

Aponto para o oceano. — Ele e Evan foram surfar.

Os dois se tornaram unidos como ladrões, e às vezes me pego pensando se Reagan prefere Evan a mim – e não me ressinto disso. De jeito nenhum. Nem mesmo quando rejeitaram minha oferta de jogar Palavras-cruzadas em favor de um videogame violento. Nem quando eles brigam com armas nerf sem mim – tudo porque uma vez eu disse: "Se vocês continuarem assim, alguém pode perder um olho".

— A festa é surpresa? — Jolene pergunta.

Eu concordo. — Todo mundo está esperando. Devemos nos apressar e nos juntar a eles.

Seguimos para a mansão – e sim, essa é a palavra mais precisa para descrever nossa casa.

— É tão grande. — Dorothy fica boquiaberta diante de nossa morada não tão humilde.

— Isso foi o que ela disse — Jolene sussurra em voz alta. — A primeira vez que ela viu Totó, claro.

— Você prometeu não falar sobre consolos hoje — Dorothy sibila, corando.

— Posso falar sobre paus de verdade? — Jolene aponta para a mansão. — Mais especificamente, Evan está compensando alguma coisa?

É a minha vez de corar. — Nossa casa é bastante proporcional ao que você está insinuando.

— Oh. — Jolene tira um chapéu invisível. — É por isso que é tão grande?

— Na verdade, foi ideia de Reagan. — Estreito os olhos para Jolene para que ela saiba que qualquer piada sobre meu filho está fora dos limites.

— Foi? — Dorothy pergunta.

— Ele leu sobre a Isenção de Propriedade da Flórida em algum lugar — digo com um sorriso. —, e então convenceu Evan de que uma residência principal neste estado pode valer muito dinheiro, já que nenhum credor poderá tirá-la de você, nem mesmo a Receita Federal.

— Estamos falando do mesmo Reagan que está fazendo dez anos hoje? — Dorothy pergunta.

Tento acenar com a cabeça com indiferença – uma falha porque estou radiante com orgulho suficiente para iniciar um desfile.

Quando chegamos às portas ornamentadas, elas detectam o Glorp em meu pulso e abrem automaticamente – uma sinergia tecnológica Octothorpe que é tão assustadora quanto útil.

Minha querida Preciosa, não pense por um segundo que este mecanismo de porta possa algum dia te adorar com o mesmo ardor que eu. Ele não tem um santuário onde te adore como uma deusa da fertilidade. Ele não passa fome pelos deliciosos flocos de pele morta que você libera cada vez que esfolia no chuveiro.

Quando minhas amigas entram, as duas assobiam.

Sim. Por insistência do meu filho, Evan decidiu aceitar ser um bilionário, então, contratou uma equipe de artistas para fazer o lobby parecer o interior de uma onda – o que acredito que exigiu cristal suficiente para administrar a Swarovski por um ano. Ah, e funciona como salão de baile.

— Esta é a cidade inteira? — Dorothy pergunta em um sussurro alto, olhando para a multidão acampada no referido salão de baile.

Pego uma taça de champanhe do garçom mais próximo. — São apenas as pessoas que conhecemos. — Acontece que conhecemos tantas. — O pessoal do acampamento também está aqui, assim como as crianças. — Aponto para a parte mais barulhenta do salão de baile. — As únicas pessoas que conhecemos que não convidamos são os membros irritantes da AMO — Esse desprezo foi a ideia de vingança de Evan, porque ele acha que os intrometidos estão morrendo de vontade de ver o interior desta mansão – a maior casa de Palm Islet.

— Oh, meu Deus. — Dorothy aponta para o cara que geralmente é o companheiro de bebida de Evan nas videochamadas, mas que está aqui em carne e osso hoje.

Jolene se abana. — O deus é Thor, certo? É isso que aquele cara me lembra.

— Você não entende — diz Dorothy com os olhos arregalados de admiração. — Aquele é Mason Tugev.

Eu pisco para ela. — Como você sabe o nome dele?

— E quem não sabe? — Dorothy exclama — Ele é um famoso jogador de hóquei!

Huh. Evan nunca mencionou isso. Eu podia ver

isso, no entanto. Mason é tão grande quanto um Terra-nova, mas musculoso e forte como um Pit Bull, com os olhos frios de um lobo.

— Agora, seja honesta. — Jolene se vira para Dorothy. — Você realmente não sente nada quando olha para um cara assim? Sem qualquer formigamento? Eu prometo não ficar com ciúmes.

Dorothy revira os olhos. — Desista disso já.

— Venham — digo, ansiosa para interromper essa conversa pela raiz, caso Mason tenha boa audição. — Deixe-me apresentar vocês ao meu chefe.

Eu as levo até Calvin, explicando que, desde minha recente formatura, sou oficialmente veterinária de emergência na clínica local às terças e quartas-feiras.

— Por que apenas dois dias? — Dorothy pergunta.

Aponto para a porta. — Nossos animais de fazenda precisam de um veterinário regularmente, e sou eu.

— Falando nisso... — Calvin puxa nervosamente o bigode. — Carrie chorou de novo?

— Não. Os colírios ajudaram. — As vacas não choram para expressar tristeza – pelo menos até onde os cientistas pensam – mas seus olhos lacrimejam quando estão secos ou infectados, ambos os problemas resolvidos pelas gotas.

— E quanto a Carlota? — Calvin pergunta. — O apetite dela está melhor?

— Muito — digo — Tanto dela quanto de Miranda.

— E Samantha? — diz ele — Ela...

— Olha, Calvin, todas as suas garotas estão bem.

Percebendo que minhas amigas nos olham de soslaio, explico: — As vacas de estimação de Calvin agora moram aqui conosco, na fazenda.

— Mas eu as visito sempre que posso — Calvin diz defensivamente.

É verdade. Ele pode visitar um pouco demais. Ele também as leva para caminhar na praia próxima sempre que pode.

— E eu não tive outra escolha — Continua ele — A AMO me deu um ultimato.

Na verdade, estou chocada por ele ter conseguido viver em uma comunidade privada e manter vacas como animais de estimação por tanto tempo. Também não entendo como ele cuidava da logística das vacas sem fazenda. Mesmo com uma fazenda, Harry tem que afastar os bovinos das travessuras o tempo todo.

— Nossa fazenda é um lar melhor para elas — digo a Calvin de forma tranquilizadora. — Onde mais elas podem brincar com um gato?

Sim. É uma coisa. Sally gosta de vacas, e as vacas gostam dela, apesar de ela comer a versão bovina do Fancy Feast.

Meu telefone toca com uma mensagem de Evan:

Estamos quase em casa.

— Tudo bem, pessoal! — Grito. — Esta é uma festa surpresa, então escondam-se o melhor que puderem e preparem-se para gritar: 'Surpresa!'

Todos fazem o que eu digo, e a sala fica surpreendentemente silenciosa.

As portas se abrem e Evan é o primeiro a entrar.

Eu respiro fundo. Mesmo depois de estar com ele por três anos e ter recebido cerca de 1.357 orgasmos, vê-lo ainda deixa minha calcinha úmida.

Reagan entra em seguida, e pode ser minha imaginação, mas acho que ele cresceu mais um centímetro nas poucas horas que esteve fora. Por sorte, sua prancha de surf bloqueia sua visão, então eu grito:

— Agora!

— Surpresa! — Todos nós gritamos a plenos pulmões.

A gritaria funciona um pouco bem demais. Reagan fica tão assustado que acidentalmente bate na cabeça de Boone com a prancha de surf. Como algo saído da rotina dos *Três Patetas*, Boone balança os braços para recuperar o equilíbrio – e consegue isso agarrando um dos seios fartos de Bonnie, momento em que ela grita como uma herege nas mãos da Inquisição.

Equilíbrio recuperado – mas não sua dignidade – Boone solta o seio e Bonnie fica em silêncio e vermelha como uma beterraba.

— Surpresa? — Todo mundo grita fracamente para Reagan.

Meu filho deixa cair a prancha de surf errante a seus pés e solta um de seus sorrisos infantis armados.

Todos relaxam e o caos reina pelos próximos minutos enquanto nossos convidados o parabenizam e o enchem de presentes. Enquanto isso, Evan vem até mim e me dá um beijo que tem gosto de oceano, sol e orgasmo.

— Pronta para revelar nossa grande surpresa? — Ele murmura depois de se afastar.

Tudo o que eu realmente quero é perseguir Evan até o nosso quarto, mas o dever maternal vem em primeiro lugar, então, assinto com a cabeça.

Pegando seu telefone, Evan usa um aplicativo Octothorpe para ativar a tela gigante do tamanho de uma sala de cinema na parede oposta, e a primeira imagem da apresentação de slides que criamos aparece. Uma que diz simplesmente: "E agora os presentes da mamãe e do papai".

Sim. Há dois anos, Reagan se refere a Evan como pai, e até hoje, algo derrete em meu peito toda vez que ouço isso. Em algumas ocasiões, ele também o chama de Sr. Papai.

— Posso ter a atenção de todos? — Evan diz em voz alta:

Todo mundo se acalma.

Capto o olhar de Reagan. — Pronto para ver o primeiro presente?

— Sim! — Os olhos de Reagan brilham.

Suspeito que ele saiba o que é porque vem insinuando isso fortemente há alguns meses.

Evan mostra o primeiro slide e, vejam só, é a foto de um jet ski.

Reagan grita de alegria e abraça Evan – porque ele provavelmente adivinhou corretamente que foi Evan quem me convenceu a permitir ao meu filho este presente exorbitante e aparentemente perigoso.

Na verdade, Evan comprou três jet skis, para que

possamos andar neles juntos. Também concordamos que Reagan só sairá de jet ski com um adulto, de preferência um adulto tão bom em natação quanto Evan (ao contrário de mim, que tem um histórico de quase afogamento).

Quando a empolgação de Reagan diminui um pouco, ele pergunta: — Qual é o segundo presente?

Ah. Certo. — Lembra de todas as vezes que você pediu uma irmã? — Eu pergunto com um sorriso.

Sempre foi especificamente uma irmã porque – e passo a citar: "Dessa forma, posso protegê-la. Além disso, quando ela crescer, poderei namorar uma de suas amigas."

Ao ouvir a palavra "irmã", os olhos do meu filho brilham ainda mais. Ah, e não é de surpreender que todos os participantes lancem olhares para minha barriga, seguidos de olhares de desaprovação para o champanhe que estou bebendo.

— Conheça Ariel — digo e aceno para Evan, que aperta o botão novamente, liberando uma nova apresentação de slides com a adorável criança de três anos que decidimos adotar.

Reagan assiste à apresentação de slides com fascinação e entusiasmo e, quando termina, exige saber quando Ariel se juntará a nós.

— Em alguns dias — digo — Nossos advogados estão finalizando toda a papelada enquanto conversamos.

— Mal posso esperar! — Reagan salta para cima e para baixo, e sei exatamente como ele se sente. Evan e eu mal podemos esperar para conhecer nossa nova filha também.

Não dormimos nada desde que soubemos que isso finalmente estava acontecendo.

Reagan, com dez anos de idade, já está passando para o próximo tópico mais emocionante. — Quando posso andar de jet ski? — Ele pergunta, sem parar de pular.

— Amanhã logo cedo — Evan e eu dizemos em uníssono. Sabíamos que essa pergunta estava por vir, então viemos preparados.

— Legal. — Reagan gesticula em direção ao lado barulhento. — Vou dizer oi para meus amigos.

Ele corre até onde estão as crianças do acampamento, Evan e eu sorrimos um para o outro e depois vamos nos misturar com o resto dos convidados. Meu coração não está nisso, no entanto. Quero ver Reagan ser feliz, mas agora ele está naquela idade em que eu o envergonharia se chegasse muito perto quando ele estivesse com amigos. Além disso, uma parte de mim quer avançar nos próximos dias até que Ariel esteja aqui. Ou, pelo menos, gostaria de avançar nesta festa para poder ficar sozinha com Evan em nosso quarto enorme.

Infelizmente, a festa está apenas começando.

— Quando vocês decidiram adotar? — Jolene pergunta quando chegamos até ela e Dorothy.

— Seis meses atrás — Evan responde, passando o braço em volta dos meus ombros.

— Desculpe por não ter contado a vocês — digo timidamente. — Eu não queria azarar nada.

— Estou simplesmente surpresa — diz Dorothy — Tudo o que você tem falado ultimamente é sobre fertilização in vitro.

Evan e eu trocamos um olhar e ele acena com a cabeça, confirmando que está tudo bem se eu compartilhar isso com minhas amigas mais próximas.

— Nós também fizemos isso — digo —, e agora temos um embrião congelado – um menino – para quando quisermos aumentar ainda mais a nossa família.

— Uau — diz Dorothy.

— Conte-me tudo sobre isso — diz Jolene — Não deixe de fora nenhum detalhe.

Sei que ela está perguntando sobre fertilização in vitro porque está pensando em algo que parece igualmente uma ideia legal e algo tirado de um episódio de Jerry Springer: usar o óvulo de Dorothy e o esperma do irmão de Jolene para fazer um bebê que Jolene carregaria.

Evan, que não sabe de nada disso, conta a elas sobre nossa jornada, e eu comento de vez em quando. Depois disso, vamos nos misturar com mais gente e beber mais champanhe.

O champanhe me deixa ainda mais consciente de como Evan é sexy, e quando a dança começa, estou quase pronta para pular em seus ossos. Depois do que parece ser um ano de celibato forçado, as pessoas finalmente começam a partir – ou vão para os quartos de hóspedes no andar de cima, no caso dos visitantes de fora do estado. Mais algumas horas depois, Evan e eu finalmente nos encontramos sozinhos – e um pouco embriagados, pelo menos do meu lado.

— Corro com você até lá — digo com um sorriso e corro para o quarto.

Evan está ainda mais bêbado do que eu ou me deixa vencer – sem dúvida porque gosta do jeito que meu peito se agita depois de uma corrida.

— Foi uma grande festa. — Com os olhos aquecidos, Evan tranca a porta e coloca uma música sexy.

— Foi. — Deixo meu vestido de festa cair no chão. — Incrível.

Evan tira a roupa com a mesma rapidez, liberando vitamina D em todo o seu esplendor. — Tire essa calcinha — Ele exige.

Faço o que me foi dito, depois, tiro preventivamente o sutiã e solto o cabelo.

— Bem desse jeito. Agora, incline-se sobre a cama. — Evan acompanha seu pedido com um golpe de seu pênis.

Entro na posição que ele quer que eu fique e, então, enrubesço ao sentir o ar frio do ar-condicionado em minhas partes encharcadas. A pele das minhas pernas fica arrepiada.

— Toque-se. — A voz de Evan está bem atrás de mim, seu hálito quente na minha bunda.

Mordendo minha nádega, pressiono meu clitóris no momento em que a língua de Evan desliza entre minhas nádegas.

Ah, uau.

Ele começa a se mover.

Uau duplo.

Eu gemo quando um monstro de orgasmo se forma em meu núcleo.

A língua de Evan realiza mais ministrações.

Estou chegando mais perto.

As ministrações são lentas, me fazendo gemer suplicante.

— Eu quero você lá dentro — Ofego, agarrando os lençóis.

Evan puxa a língua. — Dentro de onde?

— Você sabe onde.

—Você tem que dizer.

— Minha bunda. — Apesar de pedir isso cerca de duzentas vezes, minhas bochechas – no rosto e na parte inferior – ficam vermelhas. — Por favor, Evan.

Ele grunhe em aprovação. — Gosto quando você implora.

Com isso, ele derrama um lubrificante sedoso no local onde sua língua estava há pouco e me penetra com um dedo.

Oh, Deus, sim.

Dois dedos.

Oh, isso é bom. Cheio, quase desconfortável, mas tão bom.

Com desespero, esfrego meu clitóris enquanto a ponta da vitamina D substitui os dedos de Evan e se move mais profundamente, preenchendo-me, esticando-me quase ao ponto da dor, mas nunca chegando lá. Em vez disso, a sensação é texturizada, em camadas, a tensão crescente dentro de mim é tão poderosa que tenho que ofegar.

Ele empurra mais fundo, e minhas terminações nervosas explodem, o prazer percorrendo minha espinha e me fazendo estremecer, apertando seu pênis invasor.

Evan geme. — Oh, sim. É um bom começo. — Seus dedos calejados substituem os meus no meu clitóris enquanto ele empurra lentamente ainda mais fundo. — Agora, eu quero que você goze comigo.

Tudo o que posso fazer é sussurrar seu nome e depois gritar enquanto seus dedos me trabalham.

— É isso. — Evan penetra minha boceta com um dedo, e o alongamento duplo é a gota d'água que meu orgasmo precisava.

Com um grito incoerente, eu gozo, minha bunda apertando seu pau com tanta força que ele grunhe: — Oh, porra! — e então sinto os jatos quentes de sua liberação profundamente dentro de mim.

Desabamos juntos na cama e leva vários minutos até encontrarmos forças para nos arrastar até o banheiro e nos limpar.

— Não gozamos exatamente juntos — Resmungo quando volto para a cama e estou em seus braços. — Mais como dominó caindo.

Ele beija minha nuca. — Isso significa apenas que precisamos de um pouco mais de prática.

Eu sorrio contente. Eu sei que vou gostar dessa prática, assim como gosto de tudo e qualquer coisa que tenha a ver com este homem.

Com Evan, minha vida são férias que nunca terão fim.

Agradecimentos

Obrigado por fazer parte da aventura de Brooklyn e Evan! Certifique-se de nunca mais perder um lançamento, inscreva-se na newsletter em www.mishabell.com/pt.

Se você quer mais histórias de Misha Bell, vire a página e leia trechos de outros livros hilários!

Trecho de Libertino de Bilhões

Ele é um bilionário... e um libertino.

Sim, eu sei que não estamos no Século XIX. É que eu sou um tanto obcecada por romances de época. E livros em geral. Exatamente por isso, conseguir esse trabalho na biblioteca é o emprego dos meus sonhos. No entanto, ser praticamente atropelada por um cachorro, que mais parece uma ovelha, estraga meus sonhos, minha roupa e a entrevista em si.
A grande surpresa é que o dono do tal cão, Adrian Westfield, que todos parecem conhecer, exceto eu, me apresenta uma proposta muita mais vantajosa.

Para ganhar a custódia de sua filha, Adrian quer me tornar sua esposa, num casamento de conveniência.

———————

— Por que não esperar na biblioteca? — Pergunta mamãe, e embora estejamos conversando ao telefone, posso sentir a preocupação em seu rosto gentil. — Achei que esta entrevista era importante.

Importante é um eufemismo. Esse trabalho de bibliotecária é Meu Precioso, e eu sou Gollum por isso.

Agarrando o telefone com mais força, olho em volta para os arredores pitorescos do Central Park. — Eu sabia que ficar sentada na sala de espera por muito tempo me deixaria nervosa, então, preferi o promenade. — Não que isso ajudasse muito.

Mamãe engasga audivelmente. — 'Promenade' é o que as crianças chamam de Xanax hoje em dia?

Quase deixo cair meu telefone nas águas serenas do lago próximo. — Promenade é um passeio tranquilo em um local público. Desculpe, mais uma daquelas palavras de romance histórico.

— Oh. — Mamãe parece muito aliviada, considerando que nunca usei drogas. — Certifique-se de dizer a eles o quanto você gosta desses livros.

Huh. Dizer que eu apenas *gosto* de romance histórico é como dizer que o personagem de Glenn Close gostava de Michael Douglas em *Atração Fatal*. Ou que Hannibal Lecter estava com fome de fígados humanos com favas em *O Silêncio dos Inocentes*.

O alarme do meu telefone dispara, acelerando meus batimentos cardíacos. — É hora de ir para lá — digo à mamãe. — Tenho apenas dez minutos antes de minha entrevista começar, e é uma caminhada de cinco minutos.

— Vá então — diz mamãe. — Se apresse. Tenho certeza de que você vai arrasar.

— Obrigada. — Desligando, aliso a saia do terninho que comprei com o resto do meu dinheiro – roupas que terei de devolver se não conseguir o emprego.

Mas eu vou conseguir, é claro. Essa biblioteca tem a melhor coleção de romances históricos do mundo, e eu sou a leitora de romances históricos mais ávida que existe. É o casamento perfeito feito na Inglaterra Vitoriana.

A Senhorita Miller ajeita seu espartilho sufocante, reajusta o gorro e ergue o queixo. Durante tempos difíceis como este, uma dama deve manter a pose de superior.

Sim, assim é melhor. Quando preciso me acalmar ou me animar, muitas vezes me coloco no papel de uma dama do século XIX chamada Senhorita Jane Miller. Ela é filha de um barão que engravidou sua mãe fora do casamento e logo morreu em um navio que caçava cachalotes. De acordo com os sobreviventes, o bom barão foi esmagado até a morte pelo pau de 2,5 metros da majestosa besta – o que, para mim, parece um destino apropriadamente irônico para um doador de esperma inútil.

Para relaxar ainda mais, coloco meus fones de ouvido e toco o tema de *Bridgerton*, da Netflix.

Uma sombra branca ameaçadora aparece no canto do meu olho.

Eu me viro, e meu coração já acelerado quase sai pela minha garganta enquanto eu congelo no local, uma dúzia de perguntas se formando em minha mente.

Isso é uma ovelha? Se sim, o que está fazendo em Manhattan? Por que isso está correndo em minha direção? Ele está abanando o rabo? Você pode ser morto por uma...

Saindo do meu estupor, tento sair do caminho do ruminante, mas é tarde demais. A coisa enorme já está sobre mim, de pé sobre seus cascos demoníacos traseiros e batendo os dianteiros em meus ombros com a força do martelo de Thor.

Eu voo para trás.

O chão marca presença.

O ar sai dos meus pulmões e é difícil respirar.

Há um líquido espesso ao meu redor.

Sangue? Cérebros?

Não, pior.

É lama. Lama que provavelmente me salvou de uma lesão, mas destruiu minhas esperanças de parecer apresentável.

Sugo um pouco de ar e graças a Deus não estou morta. No que diz respeito às formas embaraçosas de morrer, ser morto por uma ovelha é igual a ser atacado por um hamster e lambido até a morte por um gatinho. O fato de eu morrer virgem aos 23 anos seria apenas a cereja no topo de um bolo de merda com várias camadas.

A ovelha está bem na minha cara agora. Está prestes a comer minhas pálpebras? Ou mastigar os óculos que, por algum milagre, ainda estão no meu nariz?

Não. Ela lambe minha bochecha.

Seu hálito cheira a frango e batata-doce.

Que diabos?

Espere um segundo. O pelo desta ovelha tem um cheiro suspeito de cachorro molhado. Quase como se...

— Sinto muito — diz a ovelha com uma voz profunda, rica e suave como chocolate derretido. — A coleira escorregou das minhas mãos.

— Você é um cachorro? — Eu pergunto à ovelha, minha mente ainda confusa.

— Eu não — Isso - ou quem quer que seja - diz. — Eu sou Adrian. O cachorro é Leo, e ele fala assim. — A voz muda para soar uma oitava acima e acelerada, como se essa pessoa tivesse comido um esquilo com excesso de cafeína. — Você cheira bem. A lama é divertida. Me desculpe por ter feito você cair. Às vezes esqueço que não sou mais um cachorrinho.

O cachorro que não é uma ovelha - Leo - sai de minha vista e finalmente localizo quem fala.

A vista evapora qualquer ar que eu recuperei.

O rosto do homem - Adrian - é perfeitamente proporcional, com um nariz aristocrático, um queixo poderoso e olhos prateados que brilham maliciosamente. Sim, maliciosamente. Com seus ombros largos e cabelos escuros e varridos pelo vento que se estendem além das orelhas, ele poderia ser copiado e colado na capa de um livro de romance histórico; tudo o que eles precisam fazer é o Photoshop em algumas roupas de época.

Tomada pelo duque, seria o título do dito romance. Ou *A Noiva Relutante do Marquês. Teu nome é Conde. A*

Dama Virgem do Barão. Uma Solteirona para o Visconde Libertino...

Ele se ajoelha ao meu lado.

Meus óculos estão embaçando ou minhas retinas? Tal beleza não adulterada deveria vir com um aviso.

— Você está bem? — Ele pergunta.

Eu estou? Estou ansiosa, abalada e muito excitada considerando minha situação, mas, principalmente, sinto que estou esquecendo algo extremamente importante.

Então, isso me atinge.

A entrevista! Como eu poderia esquecer isso, mesmo que por um momento? Eu tenho moinhos de vento na minha cabeça?

— Estou atrasada — Anuncio e me movo para me sentar.

Sinos do inferno. Meus braços se debatem e pedaços de lama voam em todas as direções, inclusive na direção de Leo, que os lambe avidamente, e de Adrian, que os pega estoicamente.

— Tem certeza de que está pronta para se levantar? — Adrian pergunta enquanto estende a mão para mim.

— Não importa se estou pronta. — Eu agarro sua mão e então quase caio de volta no chão totalmente embaraçada.

A pele dele está quente como uma fornalha furiosa, e esse calor permeia meu corpo, derretendo tudo em seu caminho.

Oh-oh. Senhorita Miller sente um desejo em seu lugar mais secreto. Um formigamento nada feminino que...

— Acho que você ainda não se recuperou — Adrian diz enquanto me ajuda a ficar de pé. — Vamos fazer você se sentar naquele banco ali.

— Não posso — Ofego, puxando minha mão de seu alcance antes de entrar em combustão. — Preciso correr.

Sua expressão endurece. — Você pode ter uma concussão.

— E de quem é a culpa? — Eu estreito meus olhos para ele. — Estou atrasada para uma entrevista. Para o emprego dos meus sonhos. Você pode parar de ficar no meu caminho?

— Uma entrevista? — Ele arrasta seu olhar sobre mim. — Desse jeito?

Eu olho para baixo e gostaria de não o ter feito. — Oh, não. Estou mais suja que um porco.

— Porcos não são realmente sujos — diz Adrian. — Eles usam lama para se refrescar e como protetor solar e repelente de insetos.

A Senhorita Miller luta contra a vontade de dar um tapa no rosto saliente do libertino.

— Essa é uma lição muito útil sobre criação, obrigada. — Eu saio da lama. Meus joelhos estão bambos no início, mas a cada passo me sinto cada vez mais eu mesma – apenas uma versão muito, muito mais suja.

— Espere — Ele grita atrás de mim. — Deixe-me pelo menos ajudá-la.

Eu não espero, mas ele me alcança e agarra meu

cotovelo, como se estivéssemos prestes a dar um passeio antes da hora do chá.

Mais uma vez, meu corpo traiçoeiro reage ao seu toque com a intensidade mais inapropriada.

Aff. Se por algum milagre eu conseguir esse emprego, terei que colocar o Projeto Grande Defloramento no topo da minha lista de tarefas. Não conseguir nada por tanto tempo claramente me transformou em um barril de pólvora hormonal, pronto para explodir ao primeiro estranho que encontrar.

A Senhorita Miller acha esse último pensamento impróprio.

— Eles deixariam você reagendar? — Adrian pergunta, ainda segurando meu cotovelo.

— Eu duvido — digo. — Eu não faria isso.

— É que eu moro do outro lado da rua — diz ele. — Podemos lavar suas roupas em uma hora.

Eu coro como a donzela que sou. — Você está tentando me tirar das minhas roupas?

Seu sorriso é arrogante. — Tirar. Ou não. Não há tentativa.

Eu liberto meu braço do dele. — Mantenha Yoda em suas calças.

Um libertino total. Eu deveria ter imaginado.

Acelerando, eu o deixo para trás – por um segundo, pelo menos.

— Espere. — Ele me alcança, com Leo ofegante em seus calcanhares. — Eu falei sério quanto à oferta de lavanderia.

— E *eu* falei sério o seguinte: mesmo se eu não estivesse com pressa, a resposta seria 'inferno, não'.

Ele suspira. — Posso pelo menos...

— É aqui que eu fico — digo sem fôlego quando paro ao lado da biblioteca. — Não foi um prazer conhecê-lo.

Ele sorri maliciosamente. — A falta de prazer foi toda minha.

———

Libertino de Bilhões está disponível. Visite nossa página www.mishabell.com/pt para saber mais.

Lilly

Uma oportunidade única de poder arrasar com o
bilionário que tomou a casa dos meus pais? Sim, por
favor! O idiota ganancioso e arrogante pensa que estou
aqui para uma entrevista de emprego como treinadora
de cães (mais conhecido como babá), mas ele não perde
por esperar.

E daí que Bruce Roxford é alto, musculoso e bonito?
Nada vai me impedir de dizer a ele o que penso – nem
mesmo seu adorável cachorrinho Chihuahua, a quantia
insana que ele está oferecendo pelo trabalho ou seus
lindos e profundos olhos azuis...

Junte tudo isso? Estou em apuros.

Bruce

Lilly Johnson está cinco minutos atrasada para nossa

entrevista agendada e nunca contratei um funcionário atrasado. Mas antes que eu possa mandá-la embora, meu cachorro Chihuahua se apaixona por ela.

Sim, apenas o Chihuahua.

Esta mulher é pouco profissional, difícil, sarcástica... e por alguma razão, impossível de eu tirar da minha mente.
Então, é claro, eu a contratei como treinadora do meu cão. O quão ruim essa ideia pode ser?

Como diabos ele é tão gostoso? Tudo sobre Bruce Roxford é frio como gelo, desde seus olhos azuis árticos até a carranca glacial em seus lábios. Até mesmo seu cabelo escuro e penteado para trás tem um brilho frio azul-escuro, em vez dos habituais tons castanhos quentes.

— Sim? — Ele pergunta imperativo, intencionalmente não abrindo mais a porta da frente.

Por que ele está agindo como se seu pessoal de segurança não tivesse anunciado quem eu era? Sem mencionar que temos hora marcada – e não é como se houvesse pessoas aleatórias entrando e saindo de sua enorme propriedade.

Fazendo o possível para não tremer com o frio que ele exala, digo: — Sou Lilly Johnson.

Sem resposta.

— A treinadora de cães.

Silêncio.

— Estou aqui para uma entrevista com Bruce Roxford?

O que não digo é que a entrevista é apenas um pretexto para dar uma bronca no desgraçado sem coração. O banco dele tomou minha casa de infância, então, quando vi seu anúncio procurando alguém na minha área, eu sabia que era o destino.

Talvez eu devesse xingá-lo agora?

Não. Ele bateria a porta na minha cara e mandaria seu segurança me escoltar para fora do local. Preciso tê-lo como público cativo. Antes de vê-lo pessoalmente, pensei em nos trancar em um cômodo e ler a nota que redigi cuidadosamente para a ocasião. Dessa forma, não esqueceria nenhum insulto ou acusação. No entanto, agora que estou cara a cara com esse enorme espécime masculino de ombros largos, tenho menos certeza de estar sozinha com ele, especialmente em uma situação hostil.

Ele levanta o braço musculoso na frente do rosto e franze a testa para o relógio A. Lange & Sohne. — Você está atrasada. Adeus.

As palavras me atingem como fragmentos de granizo.

— Atrasada cinco minutos — Retruco, orgulhosa de como minha voz está firme. — Tinha trânsito e...

— O trânsito é um fato tão previsível quanto os impostos. — Ele começa a fechar a porta na minha cara.

Eu inalo uma grande respiração. Não há tempo para ler todo o meu discurso. Uma versão rápida terá que ser suficiente.

Antes que eu possa soltar qualquer veneno, um borrão de penugem preta sai da pequena lasca entre a porta e sua moldura.

Um porquinho-da-índia?

Não. Está abanando o rabo e lambendo meus sapatos.

Oh, certo. É um cachorrinho – o que faz sentido pelo anúncio.

Meu coração salta. Este é um Chihuahua de pelos compridos – e lindo, com uma pelagem sedosa preta como breu, pelo branco no peito, uma cara que me lembra um pequeno urso e manchas marrons acima de seus olhos que parecem sobrancelhas curiosas. Melhor ainda, a falta de latidos e mordidas no tornozelo até agora me faz pensar que este pode ser o membro mais amigável desta raça em particular.

Eu me agacho e acaricio seu pelo celestial. — Olá. Quem é você?

O cachorrinho cai, revelando que ele é um bom *menino*, ao contrário de uma menina.

Uma dor agridoce aperta meu peito enquanto coço sua barriga lisa. Já se passaram cinco anos desde que perdi Roach, o amor canino da minha vida, e ele também era um Chihuahua – apenas muito maior, menos amigável com estranhos e com uma pelagem lisa.

Até hoje, sempre que me deparo com um novo

membro desta raça, um toque de tristeza mancha a alegria de conhecer um cachorro. Felizmente, por serem pequenos, poucas pessoas treinam Chihuahuas formalmente, então, nunca perdi um cliente por causa disso. De qualquer forma, a alegria vence rapidamente quando movo meus dedos para coçar o peito fofo do filhote, e ele começa a parecer um usuário de heroína.

— Você gosta disso, não, querido? — Sussurro.

Como sempre, minha imaginação me fornece a resposta do cachorro – que, por alguma razão desconhecida, é falada na voz impossivelmente profunda de James Earl Jones, também conhecido como Darth Vader:

Se eu gosto de massagens na barriga? Isso é como perguntar se eu gosto de uivar para a lua. Ou lamber minhas bolas. Ou comer um...

Em algum lugar bem acima de mim, ouço alguém soltar um suspiro exasperado.

Ah, merda. Esqueci onde estou. É uma ocorrência comum quando os cães estão envolvidos.

Endireitando-me em toda a minha altura (que, admito, mal chega a um metro e meio), olho desafiadoramente para os olhos azuis de meu inimigo – que parecem mais amplos agora, como buracos de pesca em um lago gelado.

— Como você fez isso? — Ele pergunta.

Nervosa, coloco uma mecha de cabelo atrás da orelha. — Fiz o quê?

Ele gesticula para o Chihuahua abanando o rabo. — Colosso nunca é amigável. Com ninguém.

Então talvez ele *seja* típico de sua raça. Eu sorrio, incapaz de me conter.

— Colosso? Quanto ele pesa, tipo novecentos gramas?

— Um quilo e duzentos — diz ele, a expressão ainda severa. — Você tem bacon nos bolsos?

Sentindo-me em um julgamento, puxo meus bolsos para mostrar que estão vazios. — Eu nunca alimento cães com bacon. Mesmo os tipos mais seguros têm muita gordura e sódio, para não mencionar outros aromas que...

— OK — Ele interrompe imperiosamente.

Eu pisco para ele. — OK o quê?

— Você está contratada.

Uma Babá para o Bilionário está disponível. Visite nossa página www.mishabell.com/pt para saber mais.